九歌少兒書房

帽子店的祕密

第17屆九歌現代少兒文學獎得獎作品

楊欣樺・著
蘇力卡・圖

行政院文化建設委員會 指導

名家推薦、導讀

小野（名作家）：

這本小說是這次進入決賽的參賽作品中引起最大爭議的作品，因為整部小說都用了孩子的觀點看待成人世界的不完美，尤其是老師。這種不完美包括陰晴不定、包括愛吹噓當年勇等性格上的問題，有時候作者乾脆就用愚蠢來形容孩子眼中的成人世界。

不喜歡的人覺得這是不厚道的描述，是一種負面的示範，可是喜歡的人卻覺得非常難得看到這樣一本忠實和誠實的呈現兒少觀點的少年小說，無關乎對大人的批評是不是負面，而且在文學上也有一定的水準。

所以最後這本小說以極少的差距，擊敗幾個得分相近的對手贏得第二高的獎項，也是一種幸運吧。

朱曙明（九歌兒童劇團團長）：

看似平靜的文字描述下，卻有著不平靜的暗流在進行著。作者藉著一個少女的眼睛與思維，靜靜的帶領讀者「參觀」每個人背後不為人知或不欲人知的祕密，就像幫讀者也披上了一件故事主角千春的隱形外套一樣，既看得到、聽得到卻又不致攪擾了每個人該有的宿命。

作者文字洗鍊優美，淡淡的不帶任何激情喜怒的語法，像極了少女轉型過度期時或害羞或冷漠的口氣，可見得作者對於寫作對象的觀察與用心。更值得一提的是，故事中雖有正邪女巫及奇幻森林的出現，但作者卻能不受「誘惑」，對奇幻事物做太多緊張刺激卻無關故事發展的描述，實在令人欣賞其對於故事設定的自信與把握。

王宣一（少兒文學名家）：

《帽子店的祕密》寫的是小鎮上一個平凡的單親家庭的孩子，作者以洗鍊的文筆自然穿梭在虛幻與真實的世界裡，她一會兒描述學校裡發生的事，一會兒寫從帽子店穿上隱形衣透過巫術所看到的事情。

故事用了魔幻的寫法，文筆熟練，進入魔法世界與自然世界毫無阻礙，不會讓讀者覺得突兀或奇怪，但對於在不同的狀態之下看到同樣的人物，描寫非常細膩真實，兩相對照，衝突不多，卻耐人細細咀嚼。作者用了魔法帽子，讓書中的角色有了更多的面貌。故事裡寫到學校裡主角的導師，陰晴不定的性格，有善良面也有不成熟的部分，基本上這位導師對學生不錯，但另一面又喜歡誇大自己的所做所為，這一切學生們其實都看在眼裡，見怪不怪，小小的孩子卻早已產生包容的力量，相較於另一位做作的社會老師，孩子們卻很清楚他從來不是一個誠懇的老師，因此從沒對他抱懷同情的眼光。

另一方面，主角生活在另一個奇幻的世界裡，會巫術的帽子店老闆給了她許多安慰，孤獨的童年生活裡，她有了另一扇窗口，小鎮生活不再永遠那樣枯燥苦悶，她經歷過巫師的生活，從魔法裡看到真實，她開始有能力開始追尋自我，反省自我。故事的最後，巫師走了，帽子店消失了，但她也成長了，她不再依賴魔法，找尋屬於自己的一片天空。

這真是一本非常好看的小說，沒有說教沒有大道理，卻是最真實最貼近人生的故事。

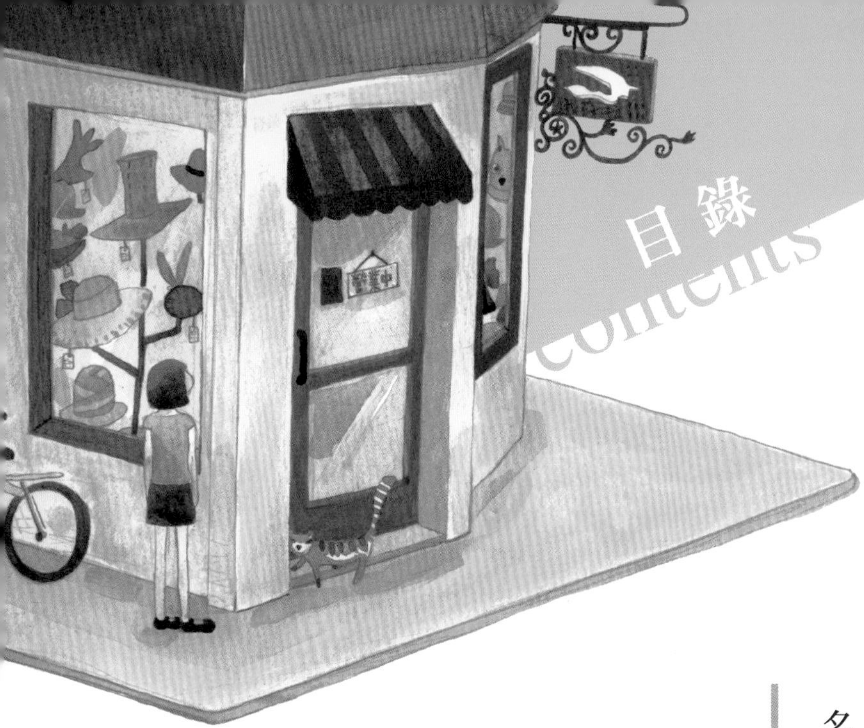

目錄 contents

名家推薦、導讀 002

1 轉角的帽子店 010

2 開學 017

3 展開打工生涯 031

4 教室布置 044

5 白女巫對上黑女巫 053

6 陰晴不定的導師 064

7 準備校慶．森林中的慶典 073

8 校慶 088

9 美術課 098

10 拯救俄蘇拉 106

11 消失的社會老師 111

12 聖誕節 124

13 聚在店前的男女生 135

14 意外的訪客 147

15 出水痘・夢境 156

16 最後一個祕密 166

延伸閱讀：靜候成長 鄒敦怜 171

特載：生花妙筆下的人性世界 張子樟 177

1. 轉角的帽子店

暑假快結束了。千春記錄了盆栽植物生長、看完了《水滸傳》、寫了心得感想、最後也完成那本頗厚的暑假作業。她騎著樓下文具店老婆婆送她們的腳踏車，輕鬆的在街上閒逛。輪子輾過小小的沙塵。

千春是個即將升上六年級的女孩子，臉上常帶著笑意，和同學談話也很熱絡，旁人常誤以為她很無憂無慮，但她只是不願把悲傷表現出來罷了。「別人應該不希望看到我難過或生氣的樣子。」她這麼

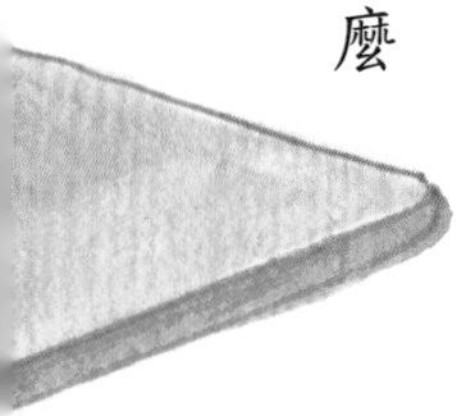

營業中

想。住家附近的自助餐館老闆娘曾問她會不會向同學哭訴，因為老闆娘知道她們的情形。千春的媽媽在一間自助餐館當廚師，為了替她多存點學費，每天晚上都會留下來洗碗。千春曾經多次在餐館後門那兒，隔著玻璃窗，看媽媽的長瀏海披在臉上，手拿菜瓜布使勁刷洗堆疊的碗盤。看到小女兒來了，媽媽總會露出慈祥的笑容，將打包好的菜餚遞給她，這是經過老闆娘同意的，「反正每晚都有剩菜，倒掉浪費。」老闆娘是虔誠的佛教徒，常在店內播放為經文歌詞編寫成的歌曲，一踏進正門，就能看到那一張觀世音菩薩顯靈的圖像。那間餐館是可以讓千春安心的地方。

車輪快速轉動，千春腦中也切換好幾張媽媽的影像。台南暮夏的夕照把輪子鋼骨照得一閃一閃的。「好像有紙條卡在輪子縫裡。」她按壓把手煞車、單腳踏地、略微彎腰向前查看。「咦？」沒有任何廢紙。停下車的她抬頭望發現鎮長家那條路上新開了一間店。推著車向前走，她位在轉角處，懸掛著方形招牌，鏤空的圖騰由尖帽頂和女人的側臉輪廓組成，好像是個女巫。門把附近還貼著一張紙，用簽字筆註明：「徵店員。意者請內洽。」還在端詳，有隻黃貓溜過她腳邊，自顧自的從門縫鑽進店裡。千春把腳踏車停在門口，不自覺的跟著高高低低的貓尾巴移動。

店裡的三面牆壁跟天花板上掛著琳瑯滿目、各式各樣的帽子；架子上也陳設了一些。有的很常見，帽沿滾上蕾絲或緞帶的那種；有的做成野生動物的頭，千春被鹿和豹的眼睛盯得恍恍惚惚。櫃台傳來一位女性的聲音：「妳終於來啦！」她戴著一副眼鏡，臉上絲毫沒有皺紋，銀白

色的髮絲束成馬尾。不管千春呆望的眼神，女主人繼續說：「你們九月一號開學嘛？」

千春點點頭，但其實摸不著頭緒。

「那妳就禮拜一到禮拜五每天放學後來顧店，每天三小時、薪資一百元。」語畢，女主人彎下腰，從櫃台內夾層捧出一只茶壺和兩個茶杯，把茶水注入後，遞給千春。「這是用歐薄荷泡的，加了一點藍莓果。」

千春一邊納悶為什麼她知道她會來，一邊舉起杯子，聞著香氣。

「妳在想我為什麼認識妳，還在妳今天來之前的幾分鐘就泡好了茶，對不對？」

千春又點點頭。因為有些激動，手中的茶被搖晃得濺出微小水花。

「妳真老實。」女主人笑了笑，那聲音像風拂過風鈴般，輕輕搖曳。她點出了千春心裡的疑問，但沒有解釋。接著，她突然一臉正經的說：「妳來這裡打工的事不能告訴任何人，去完自助餐館後，就直接過來。」

她怎麼知道我每天都會去媽媽工作的餐館？千春累積了更多疑問。

「好。那我該……」她身子略往前傾，右手緊捏左手掌，想問她問題。

「叫我俄蘇拉就好了，千春。」

茶不知不覺被千春喝完了，向女主人致謝後，她步出店門，回頭瞧那懸掛的招牌，上面刻著：俄蘇拉帽子專賣店。

2. 開學

朝會的鐘聲響了。班長命令全班同學到教室外的走廊上排隊。不高也不矮的千春夾雜在同學中，她望了余有惠一會兒，想起前幾天晚上接到她的電話，有惠坦誠她完全沒看《水滸傳》，正在為一千到三千字內的心得報告發愁。「如果沒有看，是寫不出來的。」千春誠心的回應。

「喔……」話筒另一頭的有惠在苦惱，也傳來她家人觀看電視時伴隨的笑聲。

「還有幾天的時間，趕快去圖書館借來看吧。」千春有些為她焦急。

她寫完了嗎？有惠的表情看來好像什麼也沒發生，她正低頭盯著自己的鞋子。儘管還沒正式活動，她的好幾撮髮絲卻已脫離黑色髮圈束成的馬尾，迷失的飄盪著。

同一走廊上的班級都出列了。他們隨意站著閒聊，延續暑假的懶散，無心排隊的樣子。

「向前看——齊！」站在隊伍最前頭的陳亮宇，是大家公認最適合的班長人選，果然不負眾望，他不但成績好，喊起口令來一點也不馬虎，咬字很清楚。原本凌亂的隊伍轉瞬間已排出整齊間距。

「齊步走！」

「一、二、一、二。」大家抬起右腳左腳前往操場。但喊個幾聲後，大家的拍子又亂了，索性不喊，以節省力氣。這是同班一年來的默契。

今天是全校朝會，待站定各班級位置後，班長陳亮宇一邊巡視，一邊走到第一排的高個子身旁。級任導師用撲鼻的香水味讓整個六年二班得知她來了！同學不敢聊天，乖順的遙望司令台。

校長是個擁有中廣身材、頭頂微禿的中年人，他用緩慢沉穩的語調對全校師生演講：「希望你們暑假都過得很充實。校長這個暑假到歐洲的義大利度過了一個月……」

儘管入秋了，天氣仍很悶熱，太陽光線不留情的攻擊小學生們的頭皮和肌膚。千春的臉頰被曬得通紅，緊靠著腰部的手也不停冒汗。

「校長這個暑假還閱讀了五本書，它們分別是……」

同學們的膝蓋開始微微顫抖。校長不時闔上眼睛，回憶書的內容，由於每每閉眼大約五秒，小孩子在心裡譁然，「他睡著了嗎？」

「讀書和旅行可以幫助我們拓展視野。今天，我想特別對六年級的同學們說，把握這在小學的最後一年，要細細領會待人處事的道理……」校長總算演講完畢。

各個班級魚貫的在老師們的帶領下回教室。

導師在黑板上工整的寫下：「九月一日星期三」後，隨即轉過身來展開第一堂課。各科目的課本疊成好幾落在講台上，六年二班的學生正很有秩序的領書。站在講台上的導師不顧彎腰拿書的孩子，開始發表言論：「我先生帶我跟我兒子一起去日本玩了五天。」只有在學期初的時候，導師才會顯得神清氣爽，等到期中後，她的動作和話語則會流露出一種不耐煩的情緒。她最寶貝的就是她四十一歲時生下的兒子，也念同一間學校，不過他比大家的年紀還輕，剛升上五年級。

「老師妳是到日本的哪裡玩呢？」張子騫撐大鼻孔，舉手提問。他是個黝黑、微胖的男孩子，經常一下課就衝去福利社買點心。

「我們去北海道。」導師的嘴角浮現得意的線條。她接著說道：「我們到富良野看薰衣草、到函館搭纜車賞夜景，那邊晚上的萬家燈火好漂亮喔，還到熊牧場看熊。」

班導說了好多千春不熟悉的地名，她還不時用手背把長髮刮到肩膀後邊，上午的光陰就在她與學生的一問一答中流逝。她口口聲聲說要大家收心上課，但其實卻在回味自己的旅行經歷。

正午的鐘一響，同學們抑或走到教室後面的蒸飯箱取便當，抑或衝

到福利社跟汗流浹背的各年級學生搶購食物。顧曉倩，這位大小姐，則慢條斯理的走到教室外頭，靠在牆角，等待菲律賓籍的傭人從家裡送餐點來給她。

紀康玲繞到千春座位旁，說道：「這次我們沒有被分坐在一起耶。」

「對呀。」

「老師要我把這疊東西交給十五班的導師。」康玲懷中抱的那一疊像是試卷紙。二班的導師常派學生傳話或遞物品。她想邀千春陪她一起去。

「好啊！」千春起身。

經過一個暑假，走在千春右邊的康玲更顯得高䠷，大概是又長高了。康玲的臉較瘦長、嘴唇豐厚，眼睛大而明亮，千春打從心底覺得她長得很美。到走廊盡頭，見到階梯，兩人拾級而上。

「妳看——」康玲伸

出擦了粉橘色指甲油的小指。

「好好看喔。」

康玲又從裙子裡的口袋抽出一張布滿星星、彎月、花朵的各式亮片貼紙。「這是在妳家樓下文具店買的，貼紙加指甲油只要三十元耶。」康玲實在很喜歡這個，但怕被導師發現，那可會被大聲責罵，因此只塗了小指。

千春想起很小的時候，第一次和姊姊一同去文具店，由於找好久都找不到要的筆芯，東張西望的發愁，還被文具店老婆婆誤會，以為這兩個小鬼是來偷文具的。後來她變得很喜歡千春，常一邊叼著菸，一邊探問她的學校生活。

把試卷紙交給十五班導師後，兩個女生徐徐走回教室。

剛和康玲一起吃完便當的千春，看來是睡不著午覺的。她伏案想著康玲後腦勺的馬尾，又想起了那天傍晚悠悠掃過她腳邊的貓尾巴。

下午第一堂課來了一位甫從學校畢業的社會老師。他在黑板上寫下自己的名字後，隨即轉過身來，對全班說道：「雖然只是開學第一天，但我希望你們不要懶懶散散，快打起精神來！」他的面部肌膚留有青春期皮脂分泌旺盛的痕跡。

剛從午睡中醒來的學生們嚇傻了眼，這位老師的聲音聽起來讓人很緊繃。

社會老師繼續發表：「大學時代的教授跟同學都一致認為我是個很有抱負的青年，我也覺得自己有滿腔的熱血來改變這個社會，首要之務就是從國小教育扎根。你們要知道你們是國家未來的主人翁，你們有天會將國家的命運操之在手，我做過的所有事情都可以當作你們的借鏡。我相信你們對我有很多問題，那我現在就一一為你們解答。」

天不怕、地不怕，唯獨怕鬼的張子騫舉手發問：「老師你是從哪兒來的？」

「我從台北來的。」社會老師用左手扶了一下金邊眼鏡，努力瞧一瞧這個發問的小胖子。「我在你這個年紀的時候，就已經把貝多芬和莫札特彈得滾瓜爛熟。爸媽送我參加比賽，可惜我那天拉肚子，表現失常，所以沒有得名。不過我守著不屈不撓的家訓，並重新思考其他的可能性。我決定好好用功，高中跟大學都考上了我的第一志願。我加入了辯論社，還在全台北市的辯論比賽中被媒體報導。我上了各大報紙和雜誌的版面。」誰曉得我現在要來教小學生？他在心裡暗想，惆悵了一秒。他從西裝褲裡抽出手帕，拭去額頭上的汗。

留著長捲髮的顧曉倩斜睨著他，然後伸手詢問：「那老師有女朋友嗎？」

「目前沒有。以前有交過，但分手了。」

「為什麼會分手？」

「因為我們的理想不同，她後來出國念書了。」老師沒有說出她是因為受不了他的個性，想用出國來擺脫他。其實他直到此刻也還不清楚自己哪裡不對。他小而略帶三角形的眼睛透露出愚昧。他又扶了一下眼鏡框。望著三十個小孩子天真的臉龐，他只覺得有些厭惡。

「那她長得怎樣？」顧曉倩追問。

「跟我一樣戴金邊眼鏡、跟妳一樣燙捲頭髮。」

同學們笑了笑。

「兩年前，我還帶她到廣場加入靜坐行列，向政府表達我們對改革的訴求。」事實上，是他逼女朋友去的，還害她患了重感冒。

「老師你看起來真的是很有抱負！」顧曉倩討好老師的習慣又來了。

正好，社會老師分辨不出老實和擅於巴結的學生。他心花怒放。他說道：「我才剛來到這個小鎮。假如你們在路上遇到我，要跟我打招呼喔！」

不知道為什麼，千春不是很喜歡這個老師。

他話鋒一轉，「你們要立足台灣，放眼全世界，要有國際觀。像老師我的英文就很好，國中時的我就敢跟外國人對話，還參加過學校的英文辯論比賽，拿了冠軍。有些能來國小教英文的喔——不一定很會教，假如你們有什麼英文方面的問題可以來問我。」社會老師掩蓋了一個事實：那年的參賽隊伍只有兩組，評審老師又因為臨時生病請假，校方只好請門外漢來評分。

「英文老師對我們很好，教得也很好啊！」千春心想。鐘聲結束了社會老師冗長的自我介紹。又一個鐘響帶來了充滿朝氣的英文老師。

她提著CD音響，播放那首英文兒歌，讓小朋友們複習頭、眼、耳、鼻、舌等身體各部位的英文名稱。她揮手示意，他們很迅速將桌椅往牆邊靠攏並圍成一個圈，空出了中央的空地。他們看著老師跟著音樂，快樂的扭動身子、揮舞手腳。大夥很快就將社會老師的陰沉拋向腦後。連時常翹課的李柏彥都會出席每次的英文課，加入歌舞的陣容。

英文老師接著手拿粉筆，在黑板中心由上到下畫了一條線，意謂將全班分成了兩組，發給他們各一枝粉筆。再來，她站在講台上念出了一連串數字，範圍是一到一千，看哪一組最快在黑板上寫下正解，就可以得到一顆星。她不時用甜美的聲音問同學了不了解遊戲規則。每個人都在這刺激的比賽中玩得不亦樂乎。得到最多星的那一組還能獲贈小禮物，有時是自動筆芯，有時是面紙，有時是卡通人物印章，也送過王子麵。

六年二班開學的第一天就在驚呼、唉聲連連中落幕。

3. 展開打工生涯

從還在工作的媽媽手裡拿了便當後，千春沿著這條街走，看到俄蘇拉帽子專賣店的方形招牌，深吸了一口氣。那一瞬間，厚重的木門被風倏地推開。千春踏進店裡，腦筋轉著：「這絕對不能讓媽媽知道。」臥在地板上的黃貓抬起頭來，對她「喵——嗚」了一聲。她發現，牠的毛皮是土黃色的，但背上還有淡褐色的紋路，如杏仁般的眼球好像受傷過，上面有一條凸起的疤，牠眨眨眼，受過的傷好像已經不痛了。

玻璃櫃的檯面下擺了一張對摺的卡片，寫著：給千春。千春用雙手拇指將卡片攤開，仔細閱讀裡面的文字：

到了以後，妳會看到妳右手邊的椅子上掛了一件寶石藍的外套，把它穿上。客人們來了的話，我會出現。到時妳再用電腦記錄被買走的帽子款式，以及描述顧客的外型，如果知道他是誰，直接記下來也無妨。另外，客人看不見妳也看不見妳在做什麼，因為我施了法術，祈求大地之神讓穿上外套的妳和電腦隱形。所以，客人在的時候，妳都不能出聲。至於打字聲……嗯，我放了音樂，所以他們應該聽不到。

角落的音響傳出的音量漸漸變大，彷彿是豎琴聲。

千春順從的把外套穿上、坐鎮在電腦前。她右側掛滿帽子的部分牆壁，被戛然推開。「那裡有一扇門？」她感到疑惑。

俄蘇拉飄逸的長裙輕輕拍打著玻璃櫃。

「我真的隱形了嗎？」千春一看到她遂趕緊提問。

「真的啦。因為施法者和女巫不在受限的範圍裡。現在，這個小鎮只有我看得到妳。」

施法？女巫？千春仍不是很懂。

「我不會打字，也不會用電腦。這一切就拜託妳了。我都已經四十三歲了，難免有老花眼。呵呵。」俄蘇拉笑道。

千春一開始還誤以為她不超過二十七、八歲呢。

「小熊，要乖一點喲。」俄蘇拉對那隻黃貓喚道。

「喵──」貓兒像在回應她，躍上了玻璃櫃。白色的腳伸出爪子站穩後，隨之慵懶的俯臥，毛茸茸的尾巴像鐘擺一樣的晃。

「我來到了一間女巫的店，她養的貓叫做小熊？」千春暗暗整理自己的思緒。

「我屬於白女巫這一派，我們喜歡善良的人、討厭自私邪惡的念頭。」俄蘇拉有意無意的回答她心裡的問題。

「沒有客人的空檔，妳可以把功課拿出來寫啊！」俄蘇拉對她說。

「可以嗎？」

她點點頭，銀白色的髮絲在燈光下看來特別有光澤。

「不過我們今天開學所以還沒有功課。」

「呵呵呵。」

那風鈴般的笑聲又使得千春的心跳加快了。

「啊，客人要來囉。」她微嘟嘴，伸直食指，擺到口鼻前方。

「怎麼會是他？」千春壓抑激動的情緒。新來的社會老師探頭探腦的步入店內。巡視每一行列的帽子，始終拿不定主意。俄蘇拉亦步亦趨。

「你們店裡放的音樂不錯。是地中海一帶的嗎？」

「是一位希臘的演奏家送我的CD。」俄蘇拉有條不紊的回應。

「請問你們店裡有沒有適合我的帽子？我常穿獵裝和鹿皮材質的皮鞋。」

俄蘇拉鬆開一個夾子，把掛繩上一頂兩旁有流蘇的牛仔帽取下來。

「這個和你的鞋子同色系。應該滿適合你的。」

他看了看標價後狐疑問道：「這是真皮還是人造皮？」

「人造的。」

「人造的還賣這麼貴啊！」他高聲抱屈。

「不然你可以選別的款式啊。」她沒有動怒，只是靜靜盯著他。

他拿起一頂紅色鴨舌帽，逕自走到全身鏡前試戴，「這好像不錯。」他咕噥著。

最後他選了這一款，到櫃台付了帳，興高采烈的走回家。

千春用電腦鍵盤敲出「紅色牛仔布鴨舌帽。顧客：三角眼、人中很長、有痘痘、社會老師」的字樣。其實她家中並無電腦，如果作業需要打字或上網搜尋資訊的話，她就會趁中午用餐時間，到學校圖書館借用電腦。

「這樣對。很清楚。」俄蘇拉不禁莞爾，她的眼睛瞇得像兩瓣月牙兒。她彎下腰，從眾多抽屜裡找出一個淡紫色的蠟燭，又拿起一只打火機將蠟燭芯點燃。「這是薰衣草蠟燭，可以給我們帶來平靜祥和，尤其是在送走一個冒失鬼之後。」

「呵呵呵。」兩人不約而同的笑了起來。貓咪小熊則正在呼嚕呼嚕的睡大頭覺，她將身子縮成一個球。

空氣中果然飄散起薰衣草的香氛，千春想起在氤氳的浴室裡使用薰衣草香皂後的味道。

窗外有人影靠近。千春趕緊埋首於螢幕前。

「放心啦，顧客們不會看到的。」

此時，走進來的居然是千春的導師。她劈頭問道：「咦？妳們這家

店才開不久嘛！」

「對。上個月底我們才把店址遷來這裡。」

俄蘇拉扶了一下臉上的銀邊眼鏡。

「妳們之前的店開在哪兒啊？」

「在台北。」俄蘇拉雙手交疊，壓在長裙上。

「喔——，我就想我們這個小鎮怎麼會有這麼時髦的店。」

「您可以隨意參觀。」

「謝謝喔。」導師單手插在腰間，用肉食動物尋覓獵物的眼

神來回觀看。她翻了翻排列整齊的帽子。好像沒多久就挑到中意的。

她轉過頭來問：「可以讓我試戴這一頂嗎？」

俄蘇拉俐落的將它取下。那是一頂深紫色天鵝絨的帽子，上面還插有些許的孔雀羽毛綴飾。

導師戴上它後，在全身鏡前擺姿勢，把長髮甩到肩後，像是一個初登伸展台的模特兒，口中念念有詞：「買這回去不知道老公會說什麼？親師懇談會戴這頂也滿搶眼的……。」

「那我就買這頂囉！請幫我包起來，謝謝。」

俄蘇拉先用柔細的棉紙包裹它，再裝進紙袋裡，上面印了尖帽頂配女巫側臉的黑色剪影。

千春用鍵盤記錄著：「紫色天鵝絨孔雀羽毛帽。顧客：長方形臉、大鼻子、有化妝、六年二班導師。」

三個小時的光陰在等待與接待顧客間悄悄溜走了。俄蘇拉遞給千春一只粉紫色的信封袋，「這是妳今天的酬勞，謝謝囉。」

「謝謝。」褪下外套的千春接過信封，手指緊緊捏著，這是她生平領到的第一份薪水。她道過再見後步出帽子店。背著書包、拎著便當的她意識到室內應該有兩雙目光跟隨著她，不敢回頭，也怕這一切會消失。

踏上紅磚道，有些瓦片的邊緣已經破碎，又銜接著鋪上新材質瀝青的路面，在昏黃路燈照射下，閃爍著點點微光。一個沒有血緣羈絆的人對千春卻這樣親切，她低頭望著地面，想到自己的家人。除了媽媽以外，她還有一個姊姊一個爸爸啊。讀幼稚園大班的時候，媽媽還在夜市擺地攤賣衣服，有一回，大她八歲的姊姊帶她到同學家玩，同學的媽媽好心的把她們留下來吃晚餐。七點半左右回到家，爸爸大發雷霆，氣憤的到陽台拿了一只曬衣架。先破口大罵：「妳為什麼帶妹妹去同學家？別人家是有多好？」他命令千春到房間跪著，手持曬衣架狠狠往姊姊肩膀背上打。透過門縫往外看的千春偷偷的啜泣。在那次事件的兩年後，爸爸離開她們了。又兩年，姊姊也離開這個家了，她說過不想上大學，只想跟男朋友結婚、打拚事業，不顧媽媽的勸阻，奮不顧身的搬到台北。後來聽說有人見到他們在熙來攘往的東區辛苦的擺地攤。流言蜚語在小鎮裡見怪不怪，千春希望這則傳言不是真的。

關上生鏽的家門，千春瞄了一下時鐘，「才七點十分。」她把所有物品放好、沐浴梳理。

媽媽回來了。「今天學校怎麼樣？」

「有些老師換了，我們導師還是同一個。」千春已經快跟媽媽一般高，女兒與母親的視線幾乎要相對了。

媽媽摸了一下千春的頭，拖著疲憊的身體往浴室走去。

4. 教室布置

早自修時，戴著新買孔雀帽的導師興奮的跟全班報告即將要舉辦教室布置比賽的消息。不知道怎麼的，每次提到競賽，身為中年婦女的她仍會熱血沸騰，大概是忘不了學生時代勝利時的狂喜吧。她曾說：「我還在師範學校的時候，有一次要辦班際舞蹈比賽，我叫全班每個人都拿一把傘，設計了一段舞蹈，像好幾朵花一樣，好漂亮喔，評審都讚不絕口呢。」她充滿笑意的緬懷著過去。

她宣布這次的布置比賽，要將全班分成國語、數學、自然、社會以及英文五組。導師感受到學生間的鼓譟，除了如如不動的李柏彥以外，他的表情總是很冷酷，絲毫不受導師的威權影響。他問道：「我也要做嗎？」

「當然啊！這關係著全班的榮譽。」面對這種有反抗意味的問句，她老是以大人的姿態鎮壓。

她又從自己辦公桌上拿來事先準備好的對開色紙，分別是紅、紫、藍、橘、綠的蠟面。領到色紙的各組組長，壓力其實是頗為沉重的，要是一有閃失，組長就會被劈頭責備。每每導師頒布一道任務，千春就覺得好緊張。

「我打算分成五組，五個科目。每一組的人將圖畫紙剪出各式造型，裡面寫下關於該科目的知識。你們可以參考課本或課外讀物。總之，不要重複。另外，還沒繳課輔學費的同學們，由於已經開始上課了，請在這個禮拜五以前交給我。」儘管校方不准，導師私底下還是在自宅開設課後輔導班，參加的學生們，能夠得到正式考試前練習試題的福利，連余有惠都報名了呢。有惠的爸爸媽媽是負責打掃街道的清潔隊員，她上有一個哥哥一個姊姊，家境並不寬裕。可能是父母都很忙碌，疏於教導，有惠本身也不太注意衛生，一個禮拜只洗一次頭是常有的事。導師曾經在五年級下學期，當眾透露有惠是全班唯一有頭蝨的人，害有惠羞得不敢抬起頭，下課的時候奔跑到健康中心跟護士阿姨拿藥。有惠雖然對於課業、衛生習慣不很在乎，但她是個很內向的女孩子，導師實在也沒必要那樣羞辱她。正在回想的千春，望著導師頂上搖晃的孔雀羽毛，不知道是不是眼花，她覺得孔雀眼的顏色好像淡了點。

接下來三個星期的自習課，大家都把握時間製作自己被分配到的部分。千春和康玲都屬於國語組。千春剪出一棵樹的輪廓，打算寫成語的用法；康玲剪出一個沙漏的形狀，設法把唐詩填進去。教室後方的布告欄已分割成五個鮮豔的色塊，陸陸續續有大大小小的作品貼上。遠遠看，有汽車、大象、蘋果等等線條。有同學一開始剪了正方形，還被導師嫌棄說沒有創意。

前幾天，曉倩的媽媽來學校找班導，她瞥見布告欄前方那塊地上鋪著粉色塑膠拼裝地墊，稱讚道：「哎呀，這樣弄好像幼稚園喔。被妳教的學生真幸福。」

「呵呵，這樣我的學生可以脫掉鞋子，自由踩上去。」

「妳真用心。現在很少有老師願意花時間帶學生布置教室囉。」曉倩媽媽指向正在和同學談話的亮宇，問：「他看起來功課就很好的樣子，對嗎？」她隨時隨地都在為女兒物色未來對象。

「對啊，他哥哥也是我教的。兄弟倆頭腦都很好，而且他們和同學都相處得很融洽呢。唯一不同的是，哥哥皮膚比較黑，弟弟比較白。呵呵。」導師從辦公室抽屜取出兩份北海道風景月曆，叫喚亮宇，將一份交給他，吩咐著：「你把這個掛在前面的布告欄。」又轉身對曉倩媽媽說：「這是我之前去北海道玩的時候買的。妳上次送我的澳洲巧克力，我兒子好喜歡喔。」示意送給她，當作回饋。

「謝謝囉。我下次再帶一盒給妳。」她收下月曆，腋下夾著矩形的名牌皮夾。

「那怎麼好意思？妳們曉倩長得漂亮又懂事，跟媽媽一樣。」

兩個大人頓時笑成一團，孩子們仍在座位上靜靜的做自己的美勞作品。

這天的第三節是自習課，導師大概去找別的女老師串門子了。同學們聚在布告欄前方做起勞作來，有種無法言喻的輕鬆。

「你們知道鎮長家附近開了一間專門賣帽子的店嗎？」顧曉倩率先拔得發言頭籌，手中的紙剪得歪七扭八。

「我爸媽上次回台北前有去逛耶。」班長陳亮宇從一堆膠水瓶、雙面膠、粉彩紙殘骸中抬起頭來。他是由外公外婆帶大的，父母平日在台北工作。

「我媽說那間店名字聽起來很怪，裡面賣的帽子來路不明，說不定是水貨還是仿冒品，老闆娘搞不好是偷渡客哩，叫我不要靠近。」曉倩奮力攻擊。

不是的，都不是！千春在心裡拚命呼喊，但不能表現出來，還是必須填寫成語涵義跟造句。

「我阿姨之前去過，她說店裡的小姐很親切，就算她沒有買東西也對她很有禮貌。」康玲為帽子店發出不平之鳴。

沒錯，沒錯。千春暗自叫好。

「我們班導戴的那個好像就是從那家店買的！」張子騫難得也有觀察力敏銳的時候。他握的透明塑膠袋，看得出裡面裝著先咬去大半麵皮露出的肉餡，大概是

特別喜歡吃肉，想留著最後吃。千春每次看到他的這一個舉動都覺得有點反胃。

「我進去看過，裡面很乾淨也裝潢得很漂亮。應該不是像妳說的那樣吧。」李柏彥也對曉倩的言論不以為然，他清澈的眼眸吸引了康玲的注意，她曾路過他家門口，一樓是裝潢店、二樓才是住宅。

有惠正在沿著鉛筆線剪出一隻史努比的輪廓，沒空搭話。上次導師還批評她畫的狗「不是很可愛。」於是她要埋首努力重畫。

「有一次社會老師把他的紅色帽子放在講桌上，下課的時候他忘了拿走，我幫他拿然後追上去，他還瞪我耶，好凶喔。」子騫狀似楚楚可憐的說。

「那麼髒，誰要碰啊。」柏彥冷冷的丟出一句。

「我上次還看到他中午的時候，騎摩托車載隔壁班的女老師出去耶。他們好像是要去對面的三商巧福。」曉倩發揮八卦本領，反正，有龐大聽眾就好。

「妳還看得這麼仔細啊。」亮宇回應她。

「他摩托車的排氣管都會轟隆轟隆響耶。」子騫接腔。

霎時，大家聞到了濃郁的香水味、聽到了鞋跟喀拉喀拉敲擊地板的聲響，導師回來了，小孩子們很有默契的結束話題。

5. 白女巫對上黑女巫

這一個月來，千春漸漸適應打工生活，薪水袋也累積成了一疊，她不時把百元鈔票悄悄放進媽媽的皮包裡。

今天踏進帽子專賣店的那一秒，千春覺得不大對勁，俄蘇拉不在也沒留字條，黃貓小熊不知到哪兒去蹓躂。她右手邊的那面牆突然浮出一道門的鑿痕，推門入室的是——俄蘇拉，千春從未看過她這麼狼狽的樣子，而且，她沒有戴眼鏡。俄蘇拉緊接著在門上徒手畫了一個五芒星的標誌，神情凝重的默念咒語。鑿痕被撫平了，牆面恢復原狀。

俄蘇拉從櫃台抽屜拿起眼鏡戴上。千春自動拿梳子幫俄蘇拉梳理銀白的髮絲，又用那只透明的茶壺泡了洋甘菊給顫抖的她飲用，就像為媽媽或老婆婆服務一樣，她一點也不覺得尷尬。

「謝謝妳，妳真是個好孩子。」俄蘇拉的精神稍微被提振，開始有氣力說話。

「今天不會有客人來的。」俄蘇拉預言。

她將店門鎖上，關掉幾盞燈。玻璃倒影顯示出她的嘴角有血跡，她用袖口輕輕拭去。她在千春身旁坐下來，接著說：「白女巫跟黑女巫大部分的

時間都是井水不犯河水。」千春定睛看她。

發現她的疲態正消失殆盡。

「這扇門通往屬於我們白女巫的森林。」她向右揚起下巴示意。

「兩座森林之間隔了一條大河，但她最近不斷派花豹及新入門的黑女巫侵略我們的領地。」

「『她』是誰？」

「她叫莎布里娜，豢養了一群花豹，餵牠們吃生肉，剝奪牠們生存的本能，限制牠們的自由。花豹們尋獲了誤闖森林又心存歹念的人們以後，黑女巫會勸服他們學習黑魔法，學著怎麼詛咒他人、呼喚死靈，以達到自己的目的。妳知道嗎？從這間店賣出的每頂帽子裡，都住著一個小精靈。購買者每動一次邪念，精靈就會開始衰弱，然後死去，帽子也會逐次褪色，黑女巫們的森林就會吸收它們，壯大黑暗力量。正邪力量的消長，都牽動著森林。」

千春繼續聽著。

「其實白女巫跟黑女巫最早是住在同一座森林的，不過由於意見不合，很久以前就分道揚鑣。我曾經跟莎布里娜交手過，我們處在不同空間，我在面前擺了裝了水的盆子，水盆前面又放了點著的蠟燭，莎布里娜也跟我擺了同樣的陣仗，水面倒影是對方的臉。那天我比較虛弱，她加強攻勢，盆裡的水拚命搖晃，火也一閃一滅，我逼自己撐過去，最後莎布里娜因為以為自己要勝利了而很驕傲，我趁她不注意的那一秒，把她的燭火撲滅了。」她回憶著。

「當女巫閉上眼睛的時候，可以看到真實的影像，妳試試看。」

千春閉眼，腦海浮現陰暗的森林，刺向天際的樹枝互掩，莎布里娜在祭壇前大搖大擺，甩動寬袖作法的模樣：她看來準備了蜈蚣、青蛙腳、某人的指甲、頭髮，擺在祭壇上。外圍還灑了一圈貓尿。她有著一張長方形臉，配上大鼻子，為什麼她跟導師長得有點像？然後，千春睜開眼。

「我知道妳有能力承受這一切。妳有敏感善良的心與豐富的想像力。沒有想像力的人，時常聽不懂我在說什麼。」俄蘇拉傾訴找上千春的真正理由。

「我沒有像妳說的這麼好。」從來沒有人這麼肯定千春。

「那只是妳還不知道。」

「今天不營業了，我帶妳去我們的森林走走。」俄蘇拉握著千春稚嫩的手，千春連忙站起來。

俄蘇拉又在門上徒手畫了一個五芒星的標誌，牆面竟浮出一道門的鑿痕，清清楚楚，然後，被輕易推開了。千春緊閉著眼睛，她感覺到強風從耳邊呼嘯而過，天地好像在旋轉，她快站不穩。好在俄蘇拉泰然自若的牽著她。

千春睜開眼，樹梢上的貓頭鷹，瞳孔擴張到最大，蓑衣般的翅膀收著，「咕兒嚕咕兒嚕」的啼叫。她覺得好可怕。

「不要擔心，他是這座森林的看守者。」俄蘇拉的聲音好柔和，安撫了小女孩忐忑的心。「我們先來舉行儀式，祈求山神的庇佑。」她引領著千春向前，走到一個祭壇前。千春望了望四周，發現這裡的樹木都長得各異其趣，高大的底下還長著矮小的，地上也有蕨類植物紛紛冒出頭。

祭壇上擺放了香氛蠟燭與嫣紅的花。「幫我把蠟燭放在地上、繞祭壇一圈吧。」千春遵循指示，和俄蘇拉一同彎腰又起身的放蠟燭，圍成一個淡紫色的圈。「妳在一旁等。」

千春見俄蘇拉獨自站在圓圈裡，雙手交扣，對著某一特定方向祈禱。花被微風吹拂，好像在對話。

此刻，千春發覺灌木叢後彷彿有多雙眼睛在望著她。他們的前腳踏了出來，模樣也越來越清晰。原來，有三個孩童的臉龐朝向她，他們的上半身是人，下半身卻是——馬，他們披頭散髮，胸腹部上也覆蓋著棕色的毛髮。仔細觀察，他們三個長得完全不同。一個有雙率直的灰色大眼、一個看起來很文靜、一個在對她傻笑。

俄蘇拉結束與神靈的溝通後，對千春說道：「他們叫『珊多』，一種半人半馬的族群。他們好奇心很強。看來，妳已經吸引了他們的注意，呵呵呵。」

珊多們羞怯的互相推擠，踩到了彼此的馬蹄，險些要跌倒，結果三個都跑到灌木叢前，揚起了一些塵埃。

千春笑了，覺得他們真有趣。之後，俄蘇拉又帶她繼續逛。千春覺得整片森林的一草一木好像都預知她的到來，親切有禮的迎接她。

「開心嗎？」俄蘇拉問。

她大力點頭。天色確實暗了，兩人沿原路回到那掛滿帽子的店。

今天的千春，沒替帽子店做任何工，但回到家打開書包，卻仍翻到一個淡綠色的薪水袋，她有點慚愧，不過也只能默默的感謝著俄蘇拉。

6. 陰晴不定的導師

考完了第二次月考，學生們的心情都輕鬆不少。加上之前的布置比賽得了全年級第一名，聽到這消息的同學更是鬆了一口氣，被班導鞭撻後總算得到了好結果。導師興高采烈的說要為大家拍照。她手持相機，要大家到布告欄前排排站。

曉倩把頭頂上的粉紅色髮帶解開，重新打了一個蝴蝶結。柏彥面無表情的往教室後方移動。子騫因為剛才下課到操場打躲避球，現在滿身大汗，瀏海黏在額頭上，也聽從導師的命令。

「千春被擋到了，亮宇你蹲低一點。」「柏彥要笑啊。」導師指揮著二班的學生，他們像小木偶似的對鏡頭發笑，總共拍了近二十張相片。

中午休息的時候，導師把千春和康玲喚到跟前。「妳們幫我到校門口斜對面的那間日本料理店買鰻魚便當，然後送到五年十班給我兒子。」她從長皮夾裡抽出一張百元鈔遞給康玲，兩個小女生也就遵命出發。導師一向號稱自己每天都替先生、兒子做早餐和便當，一天沒做就過意不去，於是要學生分擔憂慮。

她們忍耐著飢餓，走到校外，想達成使命。買好了，回到校園裡，要走到五年十班前一定會經過她們自己的教室。見到站在走廊上的導師焦急的走近發牢騷，看看手錶後對她們說：「都十二點二十分了，他一定餓壞了。」她們倆還是得硬著頭皮繼續前進，將便當交給那個小胖子，他也像他母親那樣，站在走廊上迫不及待的要領取午餐，到手後好像連聲謝謝也沒說。

兩個女生從蒸飯箱拿了自己的鐵飯盒後，放在同一張書桌上一同用餐，除了想快點照顧轆轆飢腸外，心理上都覺得有些悶。

才過了兩天，大家原本以為導師應該還保持著全班比賽第一名的喜悅，想不到，她暴躁的性情又顯露出來了。

像是下午的自習課，要決定玩什麼遊戲。站在座位間的走道的導師看起來好像心情不錯，戴著那頂孔雀羽毛帽，任憑同學發問。子騫不清楚那個遊戲的規則，坐在後面的有惠出自熱心，搶在導師之前回答，導師竟用力拍了一下她的肩膀，惡狠狠的瞪她一眼，似乎熱心是不對的。看到這一幕的同學們都噤若寒蟬，接下來的遊戲，再怎麼帶動也不好玩了。

若無其事的度過一個禮拜後，千春注意到她的那頂帽子變成很淡的紫色，從色澤也看不出是孔雀羽毛了。

這天中午鐘一響，導師人影就如煙不見了。千春和康玲邊走邊聊的去洗手間，回來之後，康玲發現自己的飯盒不見了。千春轉身一看，瞧見子騫居然打開康玲的午餐盒子大快朵頤，幾乎要見底了，速度可真快。康玲循著千春的視線，發現了事實，柔弱的她，不知道該怎麼辦才好，珍珠般的眼淚一顆顆落了下來。

千春上前質問：「你拿成別人的了吧？」子騫無辜的被釘在座位上，手裡仍握著湯匙，不明白發生了什麼。

導師回來了。透過同學的通風報信，她很快就了解了狀況。她對康玲說道：「這一點小事沒什麼好哭的。」調查一下兩者便當盒外型後，又對子騫嘮叨：「啊大小差這麼多也會拿錯！」由於康玲不可能大而化之的順勢接受子騫今天帶來的飯菜，擔心家長抗議，最後導師決定帶康玲到那間日本料理店，點了一份烏龍麵，才平息了這場風波。午睡時千春趴在桌上，偷瞄正扳開免洗筷的康玲。

還真是心有餘悸的上課日。千春望電腦望得出神。

「怎麼了？」俄蘇拉問道。

「沒什麼。」千春搖搖頭。

店鋪金色的門把被旋開了，感到推力的小熊不情不願的從地上爬起來，邊欠身子邊打哈欠，腳步輕盈的往更隱密的地方鑽。

居然是導師，千春不由得心頭一驚。她手提著一個大紙袋，裡頭裝的好像是那頂孔雀帽。她氣勢逼人的拿到俄蘇拉眼前，「這是我之前在妳這裡買的。看，現在整個都褪色了。我才洗過一次就變成這樣，我要求退貨，不然就退錢！我有帶發票！」

俄蘇拉不慍不火的回答：「其實——妳根本從來沒洗過吧？」導師被她的堅定嚇得瞠目結舌，因為她的確沒洗滌過，但又努力在腦中搜尋該說什麼辭彙來反駁。

「妳喜歡喝茶嗎？」俄蘇拉柔聲問道。

「還好，不常喝！問這幹嘛？」

俄蘇拉不急不徐的泡起薰衣草茶，那獨特的香氣隨即瀰漫開來。

「喝喝看。」俄蘇拉將茶水遞給她。

她啜飲一口後，那斤斤計較的嘴臉慢慢緩和下來了。

「坐下來吧，妳看來走得很喘呢。」

茶跟話語彷彿有魔力般，將導師馴服。她將自己的重量讓椅子承擔。

「薰衣草茶可以幫助我們舒緩緊繃的情緒。」

鬆懈下來的導師想吐露委屈：「我是一個小學老師，已經教很久了。」

「嗯，我知道。」

「我一直以為自己教得很好。可是前幾天聽到家長談論我，才知道，她們覺得我是潑婦、是巫婆。」

「呵呵呵，她們沒見過真正的巫婆。」俄蘇拉把整壺茶都給導師飲用。

臨走前，導師居然很靦腆的道再見，還說不會再給她找麻煩了。

原來，導師也有她脆弱的一面，千春心想。

「人性不是那麼容易改變的。一個人必須有自覺，而且有不斷反省自己的習慣。」俄蘇拉望著窗外嘆息。外面開始飄雨，街道上的行人紛紛躲到騎樓下。

二班學生怎麼也想不通，幾天後，導師要贈予全班一人一包抹茶餅乾，宣稱是她自己手工烘製的。這般慈悲的恩賜，還真希望不要常降臨。

7. 準備校慶・森林中的慶典

千春和康玲從音樂教室走回二班的途中，聽聞國樂社演奏傳統民謠，看見操場上穿戴整齊的儀隊拋槍行進，黝黑的田徑隊員在跑道上練習，以及扯鈴同學的身影，這裡面，好像也有她們兩人過去五年來的蹤跡。不同的是，千春覺得自己有了能為家庭貢獻的徵兆，這是她對祕密守口如瓶換得的，她得提防自己會不經意流露風聲。

導師不再戴那頂孔雀帽了，除了千春，全班都不知道原因，但也沒人想探究。

回到教室後，顧曉倩先聲奪人問道：「妳們知道這次擺攤位，我們班要賣什麼嗎？」她手拿一包洋芋片，口中還卡滋卡滋的咀嚼著馬鈴薯澱粉與食鹽的混合物。

見兩個女同學都不知該答什麼，李柏彥回：「又還沒表決。」方才踩到水坑，他捲起褲管來，因為邊緣打濕了。

「分我一片嘛。」子騫雙手合十在一旁懇求。曉倩也有求必應，伸長手臂，把開啟的袋口伸向他。

「現在福利社也有在賣洋芋片耶。」有惠難得跟大家交換情報，她平均一年去福利社買一次東西，再討喜的商品要她掏出錢包都是困難的。

齒縫裡塞著碎泥殘渣的子騫急著參與：「真的喔，如果有賣關東煮就更好了。」

「你怎麼一天到晚都想著吃？」亮宇略微蹙眉，無奈的問。

「沒有啦，嘻嘻。」子騫其實是很崇拜亮宇的，因為他不用補習功課就很好，也很會打躲避球，看過他在球場上的英姿，真想認他作哥哥。

「我比較喜歡巧克力。冰過的比較好吃。」康玲說。

「夏天不冰會融化，現在冬天了，巧克力不用冰。」曉倩的嘴角高傲的上揚，接著說：「像我之前以為洋芋片不冰會壞掉，有次放學，我請司機停在便利商店門口，衝進去買了好幾包。那是我第一次自己一個人去便利商店喔。回到家後，想說還沒要開，不冰會壞，就通通放到冰箱。」

大夥兒聽了都忍俊不住，然後笑得東倒西歪。

「妳是放上層還下層？」子騫追問，可見他真的很有興趣。

「當然放下層啊。有天晚上，傭人還沒把飯煮好，我覺得好餓，就把一包洋芋片送進微波爐，哎呀，我忘了轉什麼刻度，結果，袋子爆破了，碎成很細的碎片，裡面的轉盤都髒了。」

「那後來是誰清理的？」千春問。

「傭人啊，不然請她們做什麼？」

「妳都不會覺得不好意思喔？」聽得出來柏彥今天的火藥味很濃嗆。

「哪有？」曉倩想回嘴，但想不出更有力道的用字。

導師進門了，原來鐘聲已經響了，大家收起表情，回到各自的座位。她拍拍手，對台下的學生說道：「好了。我們這節課一定要決定校慶要賣什麼。」

柏彥這次優雅的舉手提問：「那我們這次擺攤的地點在哪兒？」

原來他並不是一個冷漠的人啊，千春對他刮目相看。

「應該是在尤加利樹下那一排。哎呀，只是從去年的位子換到對面而已。」導師對這個校園的環境早已瞭若指掌。她視線飄向亮宇，「亮宇，投票就交給你囉。大家先提議要賣什麼東西吧，讓班長寫在黑板上。」

亮宇走上台。

「小籠包啦。」有人鼓譟。

「找蒸籠很麻煩耶。」還沒寫上去的點子就被導師打了回票。

「賣冰棒怎麼樣？」

「冬天很少人會想吃冰！」導師用雷電般的眼神回瞪了發言的同學。

「賣火鍋好不好？事先煮好再帶電磁爐來加熱就好，一碗賣二十元。」千春鼓起勇氣發表意見。

這回導師倒是沒有立即反對，亮宇敏捷的把這項「火鍋，二十元」的提案寫上，他在心裡暗暗佩服千春，覺得她聰慧又可愛。

「我覺得賣牛角麵包最好。那種外皮烤得香香酥酥的，生意一定會很好，而且我家的菲律賓傭人很常做，她可以幫忙。」

導師點頭以表贊成。第二項提案也寫上了。

後來，巧克力餅乾、蜂蜜蛋糕、戚風蛋糕等食物名稱都被寫了上去。表決的結果顯示，火鍋的票數最多。決定了主打商品，整堂課也耗掉了。

雖然還沒設攤位，孩子們卻已磨刀霍霍，準備付出勞力，期待那天的光景。

放學了，走出第五路隊側門的千春和康玲，共同撐著一把藍色的雨傘。後面有跫音加快追上來了，兩人微微轉頭回眸一盼，啊，是陳亮宇。他問：「妳們要回家了嗎？」

「我是要回家了。她不是。」康玲回答。

「我要去媽媽的店。」千春自動答覆他。

「喔——妳媽媽在自助餐館工作？」

「對。」

「是專賣素食的嗎？」

「對。」

「我外公帶我去過。他初一、十五吃素。那家菜色很多耶，而且又不會太油。我外公說高血壓的人也可以吃。」亮宇回憶著。他說話同時發現，千春的睫毛好長啊，細細的，但不捲翹，所以沒有刁蠻的氣息。像曉倩常喜歡繞著他打轉，並且喋喋不休。千春在他眼中則是很文靜的。

三人在今天之前從未肩並肩漫步，現在卻格外自然，一起閃避汽車，一起躲開水坑。兩個女生走得較近，和男生保持距離，避免碰撞到彼此的傘。

「其實我跟外公外婆一起住，爸媽都在台北，我們一年只能見兩次面。」不知道為什麼，亮宇覺得可以放心跟千春分享家庭背景。她不會嘲弄他。

「這樣啊。」千春低著頭，白皙臉頰透著淡紅。「到了，再見。」她抬起頭向朋友揮揮手後轉身，書包有些淋濕了。

兩人遇到下條巷弄，也分開了。

小熊用前腳拚命抓門，千春開了門，她亢奮的抓她的鞋子和褲管，今天是她最喜歡的雨天啊。難得見到毫不意興闌珊的小熊，千春開心的跟她玩、撫摸她的背，她忘了自己平日尊貴的身分，被逗得合不攏嘴。

來了六位顧客，千春一一記錄商品款式與顧客長相特點。大的、小的、圓尖窄寬，因為帽子店，她記憶了好多張家人以外的臉孔。想到最近音樂老師教的一首歌，叫「鄉間小路」，她似有若無的哼唱：「走在鄉間的小路上……繽紛的雲彩是晚霞的衣裳……」又想到久未謀面的爸爸和姊姊，心情像白日的煤氣燈般黯然。少女的心總是忽上忽下。

瞧見俄蘇拉緩緩走來，她已經很習慣女巫會從牆壁裡冒出來這件事，遲疑一秒，「到底該不該問呢？」但還是開口問了擱在心中許久的事情：「為什麼家人會離開我呢？我想念他們，但想又有什麼用？也許他們早把我忘了。」

俄蘇拉思忖了幾秒，「有些爸爸並沒有盡到當一個爸爸的責任，妳把書念好、對媽媽好，這樣也就夠了。並不是妳的錯，只是緣分盡了，人就散了，而這個緣分最初就不是他這麼努力想維繫的。有些爸爸，盡全力照顧女兒，但女兒生了病或出車禍，然後去世了，這也不是爸爸的錯。人能活多久不是我們能決定的。妳已經有最值得珍惜的媽媽了啊，不是嗎？」

千春默默贊同，然後檢查剛剛儲存的檔案。

「我們走吧，妳做很多了。」俄蘇拉又想帶千春到森林。

一抵達蓊鬱的森林，千春就呼吸到明顯被雨絲潤澤過的空氣，好像連肺臟也變得乾淨。她和俄蘇拉一同擺放淡綠色蠟燭到地上，它們跟青草連成一氣。赫然發覺有四五隻死去的蜥蜴，牠們的四肢和尾巴都變得僵硬。「大概是莎布里娜搞的鬼。妳看，有些樹皮被動物的爪子刮傷了。」俄蘇拉指向前方的樹木，接著虔誠的在祭壇前與山神溝通。

千春找來一根枯樹枝，跪在地上挖洞，鏟起蜥蜴屍體再埋進去，她拍拍土壤、學俄蘇拉雙手交扣，祈禱了一會兒。

「嘶嘶。」從某處傳來聲音。

是珊多！這次千春卸下恐懼，上前輕輕撫摸他們的肩膀，問道：「你們好嗎？」他們又「嘶嘶」叫了起來，原來那是他們打招呼的叫聲。他們興奮的開始奔馳、在林間來回穿梭。他們的後腿看起來好有活力啊，但馬蹄還能巧妙避開青草地裡的小花。

瞥見了松鼠，牠們拖著大大蓬鬆的尾巴，好奇的盯著意外的訪客，但也沒有忘記自己的使命，用小小的前肢捧著草磨成的泥，鋪在受損的樹幹上。

森林裡流轉的一幕幕，都牽動了千春的心。她沉浸在自然的懷抱中。突然，她感到一陣溫暖的氣息，周遭變得更加明亮。

「山神來了。」俄蘇拉對千春說。天空飄起雨來。貓頭鷹們發出很整齊的「咕兒嚕咕兒嚕」，灰色的兔子從草叢竄出，成群結隊，牠們的長耳朵前後晃動，唇吻蠢動著。珊多小孩在成年的珊多的陪伴下，全走出來了，守在祭壇兩旁，或交頭接耳、或跳躍、或用目光追逐蝴蝶。雨勢漸強，不知道為什麼，所有的動物包括俄蘇拉及千春，都沒有被淋濕。他們像被玻璃弧蓋保護的小生物，任憑雨的指爪在外攀爬。然後，他們全都安靜了下來。

千春仰望。先是看到一大片鮮明的藍綠色籠罩著樹，好像是祂的身體，視線再往上移，是祂的臉龐，如杏仁般的眼球，上面有一條凸起的疤、倒三角形的粉嫩鼻子、小小的嘴，「為什麼長得好像小熊？」千春心想。但祂頭頂上有著梅花鹿的角。「祂要說話了嗎？」她擔心祂說的會是她不懂的語言。

「千春是個溫柔的孩子，妳會帶給妳母親最大的快樂，至高無上

的。」那聲音，像寺廟清脆的鐘聲，也像教堂唱詩班的歌聲。

「我聽得懂？」千春偷偷驚訝著。

山神微微一笑，然後漸漸消失。雨停了。大地變得更有生氣。天色、空氣、和周圍一切跳動的頻率又恢復成原來的樣子。

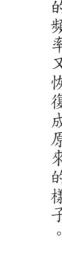

8. 校慶

明天就要慶祝一年一度的學校生日了，但導師今天才在課堂上宣佈除了原先表決的火鍋外，還要加賣一樣東西——牛角麵包。她的理由是：「我上星期啊，跟曉倩的媽媽通過電話後，覺得賣這個也不錯。她說她們家的三名菲律賓籍傭人可以在家幫忙烤好再帶過來，她們家有一個很大的烤箱，我們不用自己烤。曉倩媽媽已經買好麵粉跟奶油了。而且啊，賣相又很好，但我想一想，還是要尊重你們投票出來的結果。所以，我們就賣這兩樣囉？」

「沒有意見喔？」先斬後奏，詢問其實沒多大意義，只是在告知大家非這樣不可了。她向來用這方法推行政策，還沒有失敗過。

這節課李柏彥到健康中心休息了，因此沒聽到這消息，否則，他應該會像平常一樣，靜靜的在座位上出聲反駁導師。導師也總是拿他沒輒，可能是他有一種難以捉摸的氣質吧。

當天一早，太陽光線灑滿了大地，若鳥瞰校園，可以看到棚子如紅色雨傘般一一撐開，像漂浮在海面上，工友叔叔們早已把架子牢固的搭好了。

每次的校慶，總是揉合了運動會和擺攤位，大多都是學生家長捧場，很少有別的校外人士。園遊會賣的東西也以簡單為原則，儘量不用爐火或高難度的遊戲關卡。一到四年級的就免了，由已變成大哥哥大姊

慶祝
南國小校慶

姊的五六年級生擺設。千春記得，一年級的時候，就有大姊姊來她的班級教她們怎麼打掃呢。李柏彥從那時候就跟她同班到現在，但她從來不會主動找他談天，事實上，她幾乎不跟男生說話。小學的少男少女，多半是壁壘分明，有一條跨越不了的界線。

「各位同學，大家早。今天是學校六十歲的生日。早上的園遊會就此展開，同學們要加油喔。」校長在廣播室傳達對學生的期望，語調還是那麼的沉穩和緩。

導師帶領全班前往並聚集在所屬的攤位，清點材料。千春負責帶白菜和茼蒿；康玲帶魚餃和燕餃；有惠帶豬肉片；亮宇帶電磁爐；曉倩要帶香菇；子騫帶貢丸和福州丸；柏彥帶豆腐和魚板。每次的共同活動，導師總最先想到這七個學生幫忙，其他的學生，她打算讓他們叫賣、收園遊券或掃除。會不會是覺得他們七人比較可靠呢？

曉倩忘了帶香菇來，趕緊打手機叫傭人待會兒連牛角麵包一起帶來。全班只有她擁有手機，她常刻意在大家面前神氣的用手機通話，表現出一副大人的模樣。

導師把小瓦斯爐、鍋子、瓦斯罐準備就緒後，將水和高湯塊注入鍋內，滾了後，放入各種食材，還叮囑大家小心一點，不要燙傷。以往帶的班級，導師都強烈希冀他們從事遊戲類的生意。這次的園遊會，她全力以赴，擔心到凌晨三點才入睡。她想這或許是她最後一次這麼賣力了。她發給每一個人一張排班時刻表，上面說明著每一個小時是由哪幾個同學顧攤位。

好多學生的父母攜帶著照相機、攝影機，懷抱著記錄孩子成長的心情。有的盛妝打扮，施了脂粉，套上旗袍式的外衣；有的配合運動會主題，穿著輕便的休閒服。他們鑽入密密麻麻的矮小人群裡，找尋自己孩子的身影。今天是星期天，絕大多數的家長都不用上班，千春也不用打工，應該可以盡情的投入，可是，她回想，發現媽媽從沒有出席過一次她學校的活動，只因為要工作。「如果她能來就好了。」她神色有些落寞。往後轉，她看到小熊趴在汽車引擎蓋上。她跟來啦？

「哇——好可愛喔！」曉倩帶頭，幾個女生圍過去。小熊敏捷的跳到圍牆上，一副不可一世的俠客模樣，俯視她們。

「唉呦，還是狗比較聽話啦。尤其是紅毛貴賓……」曉倩忍不住大放厥詞。

康玲、千春等七八個同學是第一組。火鍋裡已冒出食物被煮熟的香氣。「料變少的時候，再丟新的進去。」導師叮嚀孩子們，再把鍋子移到電磁爐上保溫。好幾位同學對來往的人潮招徠生意，千春和康玲輪流為客人盛湯，一位同學把塑膠盒裡的張張園遊券壓好，導師在後監督。千春驀然瞥見他們二三年級時的自然老師走過，他往理科教室的方向。依他的年紀，應該快可以退休了。

「好了，你們去休息吧，第二組的都回來了。」導師喊道。

「我們盛一碗給自然老師好不好？」千春小聲的問康玲。

「好啊。」康玲熟練的將湯盛在粉紅色的免洗碗裡，裡頭有金針菇、碎白菜和肉片，又拿了一雙免洗筷。

兩個女生走往理科教室的途中，千春回憶起自然老師曾用三稜鏡將太陽光色散成七個顏色，圍在他身旁的同學們都嘆為觀止；他還在講台上示範煮沸水，再用特殊溫度計測量，讓千春知道水溫到一百度，就不會再往上升。

她們看到自然老師默默的收拾實驗器具。「老師！」千春呼喊。他轉過身來，仍穿著乾淨的襯衫跟西裝褲。「這是我們班在賣的。」

「喔——謝謝，謝謝。」自然老師還是那樣和顏悅色。他小心接過康玲手中的碗。

老師還記得我們？千春又驚又喜。

她們跟老師道再見。

火鍋已銷售一空，牛角麵包倒還有，導師發給同學一人一個。

「好油的麵包喔。」康玲小聲抱怨，盯著指間的油光。

「不會啊，好好吃喔。」子騫津津有味的咀嚼著。遲鈍的他居然聽得到？他曾經好幾次捏著鼻子，對千春說：「妳講話都有豆干的味道。」讓千春不知道該回答什麼。但每次這時候，李柏彥總會挺身而出反駁：「明明就沒有啊，是你鼻子有問題吧？」不過，不知此刻的柏彥到哪兒去蹓躂了？

陳亮宇的外公外婆來了，他們倆穿著休閒服，外公的啤酒肚大大的，外婆則很瘦小。老人家買了巧克力球送給全班。當同學一一向外公外婆道謝時，亮宇覺得不好意思。

顧曉倩的媽媽也來探視過，她屬於注重打扮的那一派，穿著紅色洋裝配黑色寬腰帶，她說這次園遊會辦得很令人滿意。曉倩的爸爸長年在美國工作，主要是由傭人照顧她的生活起居。她爸爸讓她從幼稚園就開始接觸英文，但曉倩的英文成績卻不怎麼出色。反倒是千春常拿第一。

康玲的哥哥來看她的時候，還不忘糗妹妹：「妳可不要吃太多喔！要記得用衛生紙擦嘴啊。」他握拳輕敲了康玲的頭。他還到隔壁攤位買了一個心型氣球給她。

她哥哥好高啊，千春心想。她發現有惠一個人在吃著牛角麵包。她家人也跟我的家人一樣，不能夠來嗎？

整理完攤位、休息片刻後，下午的馬拉松接力賽，大家又使出渾身解數，用各種姿態奔跑。同學們站在草地上此起彼落的助陣叫囂。也有男生選擇不務正業，帶來珍藏在家裡的躲避球，吆喝幾個同伴在角落玩了起來。

晚霞陪伴著全校同學燦爛笑開，儘管起先有點膽怯，但最後都在勞動過程中被遺忘了。

9. 美術課

千春正在白色的圖畫紙上，用水性彩色鉛筆畫了一幢房屋，有著紅色的屋瓦，又畫了好多五芒星，她用手指頭抹一抹，讓線條看起來更加柔和。俄蘇拉說過：「五芒星代表組成世界的四大元素——風、水、火、土，再加上人靈。每種元素又都有驅逐和召喚兩種功能喔。」那每次能開啟那扇店裡的門，就是因為召喚了土嗎？千春思索著。只要我們祈禱，神明就聽得見嗎？

「屋子裡怎麼不畫人呢？這樣太寂寞囉。」走過身邊時，老師問千春。

千春只是靦腆的笑，然後繼續低頭作畫。其實她仍邊畫圖邊想著白魔法。

美術老師戴的那一頂寶藍色的貝雷帽，就是從俄蘇拉帽子專賣店買來的。它一直都保持最初的色彩。想到裡面藏的小精靈仍活著，千春就好高興。那些精靈們都是俄蘇拉一隻一隻從森林的各處捕捉回來的。它們可能躲在花苞裡，可能在蝴蝶翅膀上休憩，可能在草叢間。它們非常的小，總是成群結隊，有點透明，是白色的，黑眼珠、會不停顫動和跳舞。

「它們吃什麼維生呢？」千春曾問。

「它們不需要所謂的食物。只要住在健康的森林，就可以讓它們活力充沛。當女巫逮到它們的時候，它們會嚇得不敢動彈。」每次聽到俄蘇拉提起精靈的事情時，千春總會聚精會神的想像。

美術老師的孩子都已經上高中了。她跟導師給人的感覺截然不同。她鼻樑上戴著一副粗框眼鏡，鏡面擦得很乾淨，常常笑笑的，是位對學生很有耐心的老師。她經常在上課時發給大家一人一張白紙，要他們自由發揮。她發覺千春最近交出的畫作裡，以前的那種悲傷的筆調變淡了，注入了活潑的氣息。千春之前的一幅畫被她拿去參加台南縣區的繪畫比賽，贏得小學組的第二名，描繪的是農夫秋收的景致。第一名的獎盃則是由李柏彥抱走，他現在正專心的用水彩塗塗抹抹。雖然柏彥的學業成績並不算突出，不喜歡上課，但他喜愛唱英文歌和畫圖。千春的功課則向來都是全班前五名，導師還曾私下問她：「妳沒有上我的課後輔導班，也沒有去外面補習嗎？」

「嗯。」她靦腆的點點頭。覺得導師的五官離她好近。

「姊姊的功課沒有像妳這麼好。」她也教過千春的姊姊。導師慣用功課的好壞來記憶所有教過的學生，似乎學業表現就是一個孩

子的特質。

千春最喜歡聽老師講梵谷的故事：「他發現作為一個牧師並不能為礦工們解除痛苦，於是他跟著他們一起生活、一起進到陰暗的礦坑裡。他不在乎自己的貧困，一心想為周遭的人帶來幸福……」老師用溫和的語調描述這段時，她總想到俄蘇拉，她覺得她就是那麼好的人。老師曾把他的幾幅作品，用印表機印出來給大家欣賞。那露天咖啡館、星空、花朵、瑰麗的漩渦，都令千春著迷。不過，她今天想讓五芒星自在的圍繞在房屋旁，有尖角也有鈍角，於是努力填補著畫紙。

康玲先用鉛筆打草圖，畫出兩個女生，她們頭上各夾了一個蝴蝶結髮飾，原本想畫出她們倆手挽著手的模樣，礙於表現不出那種空間感而作罷，改成牽手的姿態。曉倩用水彩筆刷描繪她們家在宴客的情形，邀請了父母親在商界的朋友，觥籌交錯，相談甚歡，還不忘她新飼養的紅毛貴賓狗，給牠穿上了芭蕾舞裙。子騫在紙的中央畫了一個大披薩，上頭鋪滿義式臘腸、起士還有青椒，他沒有討厭的食物。亮宇想像外婆在搖椅上睡著的樣子，一筆一畫的勾勒。

「老師，世界上有女巫嗎？」柏彥不經意的問。

千春不由得心跳加快，手裡的色鉛筆擱淺在空中。

「我沒有看過，不過我相信有。」

「為什麼？」柏彥的好奇神經被挑起。

「世界這麼廣大，總不能沒見過的，就說沒這回事。」老師用理性軟化了他。

「那老師相信有魔法嗎？」他接著問。

「怎麼會沒有？你們的畫裡就有魔法啊！」美術老師鄭重的說：「我以前對美術班學生很嚴格，交不出好作品我就會用棍子懲罰，但後來我問我自己為什麼要當一個魔鬼老師。當我決定當一個天使老師後，我看到的每一幅學生作品裡，都有魔法。什麼比賽什麼名次都不重要。重要的是，在你畫畫的同時，你在跟你心靈溝通。而完成的作品，可以讓別人透過你的眼睛看你的世界。」

「那老師相信有鬼嗎？」子騫按捺不住，問了。

「我很小就聽同學說過，嘻嘻，你有遇過嗎？如果你想看，它會去找你喔。」

子騫嚇得臉色發白，「沒有、沒有遇過，我不想遇到。」

柏彥的紙張上畫了一個美麗女子的臉，脖子下套著異國的服裝，好像有風拂過，手腕上掛著叮叮咚咚的飾品，他幫她塗上膚色。

導師也常宣稱自己很會畫畫，但她總是用任性的言語命大家服從。美術老師則不是。她帶著單眼相機、畫筆四處旅行，用自己拍的照片、自己畫的素描，保存她眼中的世界，像是溫柔的傾訴，讓學生不自覺的投靠。

10. 拯救俄蘇拉

才一到店裡，千春就發現了字條，上面載明：

快到森林裡來！我需要妳。

是俄蘇拉的筆跡。發生了什麼事？黑女巫來了嗎？

千春站在那牆前面，苦思著五芒星的筆畫。她畫了幾次都不成功。是由左下到右上，還是左上到右下？俄蘇拉是怎麼畫的呢？她甩甩頭，像是要拋除雜念。她想著森林的綠意，想著珊多，想著山神的微笑。然後，一鼓作氣畫出對的召喚五芒星，那扇門浮起來了！千春往裡衝，強風吹襲著她。

端詳森林地的花草，發覺被毫不留情的踐踏，好多棵樹的樹皮不是被撕裂，就是被重重刮傷了。千春感到難過。接著，前方映出俄蘇拉騎在珊多背上，那位珊多正在奔騰的畫面，宛如電影一般。「千春，莎布里娜在我們的森林裡到處下了符咒，我必須找到，然後一一拆除。」俄蘇拉氣喘吁吁的向千春喊話，影像裡的她有點模糊，背景是莎布里娜粗暴的駕馭著花豹、鞭打草地的剪影。千春走向前，想觸摸那影像，手卻穿了過去。原來，莎布里娜派遣花豹到處破壞，她自己則四處設符咒要毀掉森林。天色好灰暗啊，四季如春的森林變得了無生氣。她彷彿聽到

莎布里娜淒厲的笑聲。

「我要幫助俄蘇拉。」千春對自己說。她看到松鼠的蹤影。牠們把草泥敷在受損的樹幹上。還有略微透明的小精靈，它們用全力推拉著草

桿跟花莖。原本慌亂的千春鎮定下來。

她走到祭壇前，望著各色蠟燭，決定使用淡綠色的。然後一個一個放在祭壇四周，點火。空氣中飄散著縷縷煙霧。她雙手交扣，向山神祈禱。雖然對祈禱文的形式沒有頭緒，但千春仍慢慢說出拯救森林以及俄蘇拉的請求。她緊閉著眼。

不知道過了多久，忽然，她感到一道光線，整座森林像重獲力量一般，蕨類植物揚起柔軟的身子，剝落的地方長出新樹皮，枯黃的樹梢又冒出枝椏。不遠處傳來達達的馬蹄聲，她睜開眼，人影越來越靠近，俄蘇拉回來了。千春雀躍不已，有種卸下重擔的輕鬆。天色恢復成原本的明亮。貓頭鷹們「咕兒嚕咕兒嚕」的齊聲歡唱。松鼠們在樹枝上整齊的排排站，向千春鞠躬。

俄蘇拉從珊多背上跳下來。「做得太好了！我找到全部的符咒，已經都用火燒毀了。我代表大家謝謝妳。」

「我沒有做什麼。這些都是妳教我的。」千春謙虛的回答。

「如果失去森林，我會失去力氣，我是活不下去的。我重新設了一個結界，讓河流對岸的莎布里娜不會再那麼輕易跨越。」她的表情看來疲倦但欣慰。直到此時，千春才知道森林對俄蘇拉有這麼重大的意義。

「有妳真好。」這是俄蘇拉的肺腑之言。

千春低著頭，臉紅了。

珊多們都開心的從昏暗的洞穴走了出來，圍繞在她們身旁嘶叫。

11. 消失的社會老師

自習課已過了一半，臘月的風敲打著屋簷和空虛的水管，坐在同一排的有惠、康玲、千春索性傳起紙條。

「要怎麼樣才能像妳們兩個人緣那麼好呢？」有惠率先發問，用原子筆寫好後，轉頭遞給康玲。

「有嗎？」康玲還畫了一張疑惑的臉。

「我們的人緣沒有很好吧？普通啦。」千春回傳。

「像是外表，我需要做什麼改變嗎？」有惠誠心的問。康玲一時想不出解決之道，傳給千春。

千春回答：「像是洗頭的時候，要搓到頭皮，洗乾淨一點。」

「嗯嗯，好，我知道了。還有呢？」

「外表不是最重要的啦。其他的，例如：晚餐時間不要打電話到別人家啊。」

「原來如此。」有惠邊看邊點頭如搗蒜。

「妳真是生活大師啊。」看了那張紙後，康玲有點戲謔的笑了。她也貢獻了一個建議：「我媽媽說過，不要讓人家知道妳家裡很窮。像我們家，有我、哥哥姊姊，還有一個妹妹。我媽說她都是勤儉持家。」

「妳是指上禮拜那件事嗎？」上禮拜，導師帶有惠去買了一雙運動鞋，還在講台上要有惠將穿著鞋的一隻腳放在椅子上，展示給全班看。

而且，其實在購買前，導師就預告要送有惠一雙兩千元的鞋子。「班導送我一雙三百九的鞋嗎？」

「妳會不會覺得有點丟臉？在那麼多人面前。」康玲問。

「還好啦。」

「而且，班導是帶妳去菜市場買的吧？」康玲又問。

「嗯。可是不管她帶我去哪裡買、花了多少錢，我都要謝謝她。」

有惠老實的回答。其實還有一次，媽媽交給她要給班導的輔導費，結果，她那天上學追趕公車時，幾張千元鈔票飛離她的外套口袋。向班導稟報實情後，她雖然又轉述給全班聽，不過那次，就沒有跟她收學費。她不想再提這件事。

「記得妳的書包也是班導送的，對不對？」千春想起來了。

「對啊。」

三個女生回憶起五年級下學期，有天早自習，導師一副發現新大陸的模樣，對大家激動的說：「我前幾天啊，檢查余有惠的書包，才發現裡面都長黴菌了！唉呦——，還好我看到了，買了這個新的給她。」她把那個粉紅色新書包拎起來給全班看，坐在第一排的有惠低著頭，表情尷尬。導師帶班一年多來，同學們對她的作風也漸漸感到不足為奇。她曾跟水果攤老闆說她有三十個孩子，意指她帶的三十個學生，那位老闆一開始還被她唬住了呢。

「之前端午節，我媽還叫我把一串紅豆鹼粽拿來學校給班導。」康玲寫著。

「對，這個我記得。」千春跟有惠交換眼神。

「後來，她說她不敢吃鹼粽，退了回來，我只好拿回家。」看來，即使是成人也有任性的一面，分送給家人或朋友不就好了嗎？當面皺著眉頭拒收，好像小孩子做了什麼錯事。

「為什麼，紅豆鹼粽很好吃啊。」有惠的話像是遲來的正義。

「沾點果糖也不錯。」千春搭腔。

三個女生握筆的手晃動得越來越快。話題從人緣轉移到粽子。

「不過，跟社會老師比起來，我還是比較喜歡我們班導。」有惠寫道。

「我也是。」千春附和。

「妳們不覺得他戴的那頂紅色帽子很噁心嗎？都快變成白色了。」康玲用紙筆發難，讓人想起那斑駁的鴨舌帽，另外兩人再度點頭如搗蒜。千春認為他帽子裡的精靈應該已經死了。

「而且，我不喜歡他的聲音、他講的話。」千春這樣寫著。

「所以，有惠妳根本不用擔心妳人緣不好啊！有我們陪妳講話。」康玲這樣寫著。

「謝謝妳們，我覺得心情好多了。」有惠感動的答道。

「下次我們一起去圖書館。」千春寫道。

「喔——妳又要去借世界文學名著？」康玲問。千春最近迷上了那一套精裝版的書，厚厚的，內頁有栩栩如生、酷近真人外型的插畫。

「真的很好看嘛！」千春回答。有惠笑了。下課鐘響了，三人一起去女用洗手間。

上課鐘響，這節是社會課。但是踏進教室的卻是班導師！她的右手纏著繃帶。「唉——，以後的社會課我來代。先來說說我的手怎麼受傷的。」

大家都還摸不著頭緒，導師就深沉的接著說：「前天晚上，我想把裝滿水的水壺移到面前，想說用一隻手就好了，一出力的時候覺得不對，好像很重，不過我還是硬拿，結果手就扭傷了。現在很痛。」同學們的眼睛釋放出同情。

「我老公說我用左手畫的妝是一樣漂亮。呵呵呵。」

同學們觀察導師的臉，果然還是跟平常一樣描了眼眶和眉毛，也塗了口紅。

「我知道你們很好奇社會老師為什麼沒來上課。其實，他根本沒來上班。他呀，想追十五班的導師，可是用錯方法囉。」全班都回憶起，社會老師曾說這間學校有好多女老師都好年輕可愛。

「你們知道，十五班的導師她跟我很好嘛，這件事是她告訴我的。社會老師有天放學說要送她回家，她說男朋友會來載她。這就是有約會的意思嘛。接下來的每天中午，他都要約十五班的導師吃飯，她只答應過一次，結果男老師就誤會了。後來他跟蹤她，查到她家住哪裡。他送過她很多禮物，絨毛娃娃、氣球，放在她家樓下。一開始我們都不知道是誰送的，只註明要送給她，我就建議她放在管理員那裡，她的年紀，跟我最小的妹妹一樣，我把她當妹妹看待。」

「那後來怎麼發現是他？」曉倩對這種話題總是特別有興趣。

「有一天下大雨，跟我去逛完百貨公司後，她一個女孩子搭公車回家，想說門口怎麼有人影。一看才知道。那天社會老師穿著黑色的夾克、戴著鴨舌帽，全身都被淋濕了。看起來很邋遢，他剛好正準備要離開。因為被嚇到了，她躲在柱子後面。所以，十五班的導師很煩惱，找我商量。我就請另一位男老師，是他的學長，跟他溝通一下，希望他不要強人所難。結果他就很生氣，說他哪有強人所難，說他送的禮物有多高級之類的話。我在一旁聽到了，就回他，那些禮物，女老師都沒有收，在管理員那裡，叫他自己去領。我教書這麼多年，還是第一次遇到這麼不講道理的同事。」導師單手插腰，怒氣難平的模樣。

聽到這裡，千春想起最後一次見到社會老師，是在樓梯間，他們擦身而過時，她好像聽得到他心裡的想法！他反覆想著：要追到「她」、要追到「她」。千春記得很清楚在那一秒頭頂蒙上的陰霾。那種陰暗，雷同莎布里娜帶給她的恐懼。

「原本以為事情會這樣結束了。想不到，社會老師趁沒人注意，爬水管溜進她家！在電話底下裝了竊聽器，還又安裝了針孔攝影機，還好只在客廳。不然換衣服或洗澡怎麼辦？她跟我說的時候，好擔心喔。」

「好可怕——。」幾個女同學異口同聲，像是夜鶯在歌唱。

導師接著說道：「還好，十五班導師的男朋友是當警察的。上禮拜天下午，他們一群朋友在她家聚會。然後，有人發現針孔和竊聽器。結果，她男朋友氣得禮拜一來跟校長告狀，質問說老師怎麼可以這樣。校長當然先調查了事實，也詢問過我跟其他老師。之後他說，過完這學期要請社會老師到別的學校任教，把他叫到校長室訓話一番。聽別的老師說，他看到他頭也不回的衝出校長室。就再也沒來學校了。已經有不良紀錄了，能不能再教書這點我也不清楚。可能自尊心很強吧，打了好多通電話給他都沒人接，打給他台北家的媽媽，她也不知道。好了，這件事到此為止。你們不要跟別班同學說喔。」她表情嚴肅。

導師的吩咐有如古代皇上的聖旨，著實不會有人敢洩露出去。下課鐘響了，導師偶爾會像這樣以講故事貫穿一節課。

這節下課是掃除時間，廣播器傳來優雅的古典樂，這是校長堅持的，希望學生帶著愉悅的心情勞動身體。同學們紛紛拿起掃把、拖把、抹布。

千春擦著窗戶，聽到有同學在討論：「社會老師到底是怎麼溜進別人家的啊？」

「還好她有當警察的朋友，不然後果真是不堪設想啊。」有人總在賣弄成語時提高音調。

「想不到他是這種人。」

「他好下流喔。」

「十五班的導師已經有男朋友，根本就不可能會再喜歡他啊！」

「回去我要跟我媽講。」

「校慶的時候好像沒有看到他耶。搞不好就是那天去裝針孔。」

「還好他只教我們這一學期。」

「他有自然捲又很喜歡一直撥他中分的瀏海，早就看他不順眼了！」

「十五班導師是真的長得很漂亮。」

「難怪我爸說現在有些老師素質不好。」

「那我們以後的社會課，跟別班的社會課……」

「應該是由各班導師代啦。我爸說小學導師都是十項全能。」

「喔——反正我們補習的時候會再遇到。」

「你們要記得不可以講出真正的原因喔。」

「好啦，知道啦。」

千春仔細擦去窗櫺上的灰塵，聆聽同學七嘴八舌的討論聲。幸好他們很快就失去興趣了。畢竟一隻精靈死去，就已經夠悲哀的了。

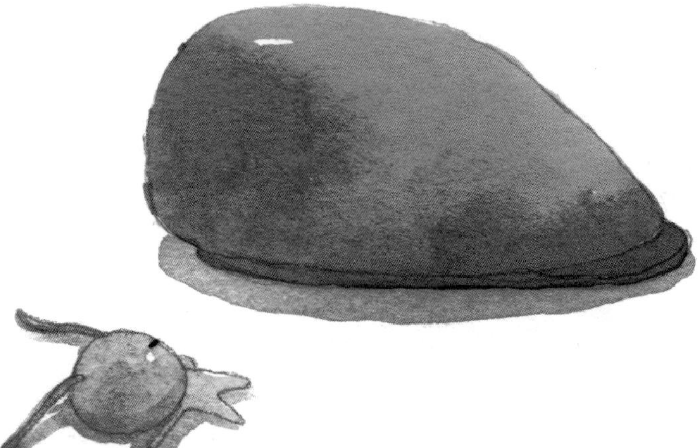

12. 聖誕節

導師右手的紗布跟繃帶已經拆掉了，她眉飛色舞的問同學們：「你們知道這個禮拜六是什麼節日嗎？」

「是聖誕節。」子騫躁動的回答，莫非又想到了大餐？

「對。在我家對面的教堂要舉行耶誕晚會。如果要參加的話，這個禮拜六晚上六點在教堂門口集合。會有短劇、唱頌歌、發餅乾糖果那些活動。我沒有強迫你們喔，自由參加。」導師解說著，她自從結婚後，就跟隨丈夫受洗為基督徒。

「餅乾糖果？哇——我要去。」子騫答道。

千春回憶起小時候，儘管貧困，媽媽還是到大賣場選購了一個中型的聖誕樹回家，想讓姊妹倆沾染快樂氣氛。姊姊跟她心血來潮的披掛上彩飾，在頂端綁上一顆金色的星星。甚至在客廳掉漆的牆壁上，費心黏了一撮撮棉花，想要營造出下雪的場景。但是如今那個畫面，卻像交錯堆疊的乾枯落葉，被北風吹散了。

「妳想去嗎？」康玲問，用水汪汪的大眼睛望著千春。

千春點頭表示贊同。

「那間鎮長家附近的帽子店，不知道你們有沒有去過，賣的帽子款式都很有品味，老闆娘人也很好。她最近就擺了一棵聖誕樹在店裡，裝飾得好美喔。你們有空可以去逛逛。」導師對同學說道。

「老師妳之前不是說那間店賣的帽子品質很差嗎？」曉倩感到困惑。

「對啊，老師妳說會褪色。」子騫誠實的附和。

「嗯——那是因為我那時候還不熟啦。呵呵。後來啊，我又光顧了幾次，還買了一頂淑女帽給我妹妹。我們每幾個月就會舉辦家族聚會啊。」覺得被指證歷歷，有些難為情，導師用笑容掩飾。其實同學們早已領教過導師的善變。

星期六傍晚，康玲帶三年級的妹妹到千春家門口按鈴。千春出來了，看到她妹妹就上前問：「妳叫什麼名字？」

小妹妹害羞的躲到姊姊背後，康玲替她回答：「她叫康薇。」

三個女生穿著有溫暖內裡的大衣。走下樓梯，越過一條馬路。有惠說她爸爸會載她到教堂門口。亮宇、子騫都會去，曉倩說要抱她家的紅毛貴賓狗去。三人經過了裝潢店，正巧碰到柏彥拉起鐵門彎腰走了出來。

「喔，你也要去啊？」康玲問。

「嗯。」柏彥隨性的將一手插進牛仔褲口袋，走在女生們的後頭，像是她們的保鑣。

抵達教堂，目睹五彩燈泡串自建築物頂端往四周延伸，固定在草地上。門口聚集了共十位六年二班的同學，已經六點十分了，仍不見導師蹤影，裡面傳來主持人廣播的聲音，大家只好自行進入。

教堂裡牆已經斑駁，但沒有重新粉刷的塗痕，掛著波浪形狀彩帶。每個同學都就位了，導師此時才姍姍來遲，輕甩著染燙過的長髮，急忙坐在第一排，回頭數了數有幾位自己班的學生。

「好了，今晚的耶誕晚會正式開始了，請大家為準備已久的他們掌聲鼓勵！」緊握著麥克風的主持人是個年輕小伙子，千春覺得好像曾在郵局見過他，他在那兒工作吧。舞台上，有好幾位小學生演起了話

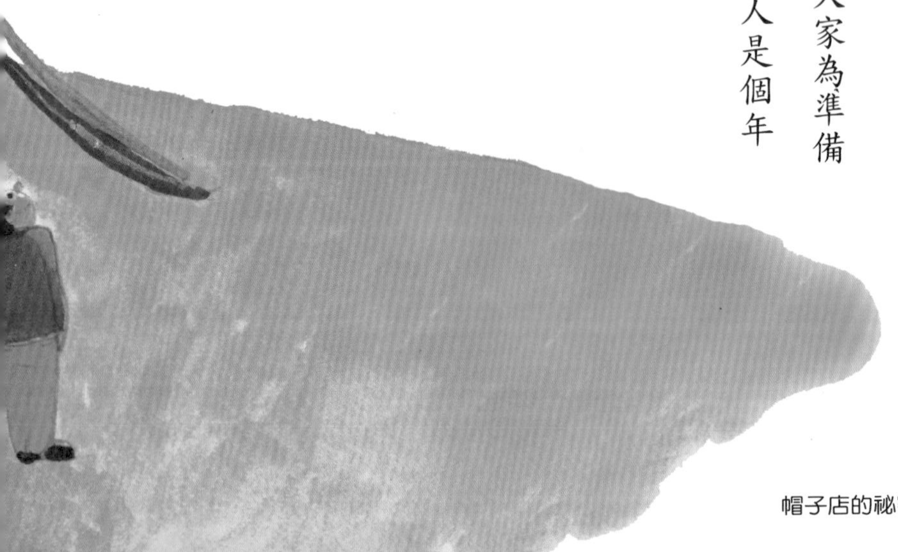

劇。背景是夜晚的天空，帷幔上黏著一顆紙做的大星星。三個小孩子的下巴黏了鬍子，他們伸手指向星星的所在處，走著走著。舞台的另一方有一位天使，對披著白布的瑪利亞說，上帝之子要藉她身體出世。後來，演瑪利亞的那個女孩子，就從馬槽裡抱出一個洋娃娃，還有些小孩子在一旁披著連有自製紙紮馬頭的咖啡色布匹。有些台詞觀眾是聽不到的，只能儘量猜，演技生澀的小孩子又在台上糾纏了一會兒，沒多久那名主持人帶頭鼓掌，全場觀眾也跟著拍手。小演員們一字排開對觀眾鞠躬。

接著，一群唱詩班上台了。裡面有鎮長夫人呢，她頂著剛在美容院燙好的、雍容華貴的髮型，抹了大紅的口紅，還不時闔上雙眼，一副很陶醉的模樣。他們身披長袍，長到快遮住鞋子，大衣領下還繡有一個十字架的圖騰。他們忽而站成兩排，忽而站成四排，隨著歌曲變化隊形。指揮是一個金髮碧眼的外國人，他頗有節奏的揮舞著雙手，誇張的擺動身體，自以為舉手投足充滿魅力。外國人在這小鎮可是十分稀有。低中高音三部各有千秋，合起來也很悅耳。他們唱了幾首耶誕頌歌，台下有些觀眾隨著搖擺哼唱，他們應該是這個教會的弟兄姊妹。

再來，身著紅衣頭戴紅帽的「聖誕老人」上台了。他就是一開場的主持人嘛！他一邊扶著飄飄欲落的白鬍子，一邊試圖跟來賓互動。

「荷荷喔——我是聖誕老人，各位小朋友今天快不快樂啊？」

「快——樂。」年紀小的回答。「你不是聖誕老人！」年紀稍長的反駁。但還是回答快樂的人多。

「你們知道我是從哪裡來的嗎？」

「不知道耶。」

「荷荷喔，沒關係，告訴你們，我是從北歐來的！」

台下觀眾沒有反應。

「雪橇和麋鹿在外面等我呦。」

「哈哈哈。」有小朋友笑了。

「剛才話劇演得棒不棒？」

「有——」有人把這個問句當作是在點名。

「剛才唱歌的大哥哥大姊姊很厲害對不對？」

「嗚呼——」這代表的意思又令人費解了。

千春注意到導師專注的望著台上人物一舉一動，不受喧鬧氣氛影響。

覺得自討沒趣，「聖誕老人」趕緊省略不必要問候，進入眾所矚目的發送零食階段。「那我現在要送你們餅乾糖果喔！」

「喔耶——」子騫激動的起身大喊，他那一排座位的人都被震了一下。

「聖誕老人」從大袋子裡抓出一把把的零食往觀眾席灑。小朋友把從地上撿起的放進口袋。六年二班的同學口袋裡都塞了零嘴，就連被動的柏彥，也被一旁的大姊姊塞了糖果，那位大姊姊就是俄蘇拉，她對千春微笑，不久隱沒在人潮中，千春沒有看到。

一片混亂中，曉倩的狗跑出教堂，她追了出去。原來，對裙子執著的她，今天也不畏寒冷穿了洋裝配毛褲襪，頸子上還掛著大顆的粉紅色珍珠項鍊。最後，人群在離別晚安曲的播放下，漸漸湧到門外。

「唉呦，你們到哪兒啦？」好不容易找齊自己的學生，導師拿出預備好的相機，為大家在莊嚴的彩繪玻璃窗前拍照。

13. 聚在店前的男女生

星期三的下午沒課，千春找過媽媽後，如往常一樣，前往帽子店打工。她穿上有隱形功能的外套，坐在電腦螢幕前。俄蘇拉今天泡了玫瑰花茶，她沒有把銀白色的頭髮綁起來，任由它們散在肩膀上。

顧曉倩懷裡抱著紅毛貴賓狗，走到了導師推薦過的帽子店門口。千春透過開啟的窗戶瞥見她，嚇得不敢出聲，硬著頭皮繼續做自己的工作。雍容華貴的鎮長夫人正在店裡參觀，俄蘇拉正在招呼她。

曉倩到底是要進來，還是說只是在等人？千春心想。

曉倩仰望整間店的外觀，懷裡的狗伸出舌頭「哈哈」吐氣。傭人剛遛完狗，她命令司機把轎車停在巷子，讓她自由逛一逛。

有惠提著一個大塑膠袋，裡面裝著一包米、醬油、牙膏等日常生活食用品。有惠家住得比較偏僻，附近沒有超級市場，她的媽媽總叫她搭公車來採買。她看到曉倩一個人站在這兒，上前攀談。

「妳在等人嗎？」有惠問。

「嗯。我在等陳亮宇，他說等一下會送聖誕晚會的照片來。」曉倩對她投以不屑的眼光，覺得她功課不好，家裡又窮。導師由於忙著準備課後輔導班的講義，將底片交給亮宇，拜託他拿去照相館加洗同學要的部分。

「明天到學校再給不就好了嗎？」有惠問。

「我想早點看到。不——行——嗎？」曉倩理直氣壯的答道。貴賓狗天真的吐著舌頭，張望著周遭環境，努力嗅著空氣中人類以外的動物的氣味。

聽到她們的對話，坐在店裡的千春鬆了一口氣。

「所以你們約在這間店門口？」有惠唯唯諾諾。

「嗯，對啊。」曉倩慢條斯理的回應著。「那妳來這裡做什麼？妳不是住在平房那裡嗎？」

平房？明明就是五層樓的公寓啊。千春疑惑著。

「我媽叫我來買東西。」有惠略微提起手中的袋子。

「喔——我家都是傭人在買。」

亮宇走了過來，定睛一瞧，子騫抱著躲避球在後追趕。

「妳要的照片。」亮宇把用塑膠袋包裝的一疊照片遞給曉倩。

「喔，妳也在啊。」他把另一袋交給有惠，裡面只有薄薄兩張。「這是班導原版的相本，妳們對照看看該加洗的是不是都洗了。」他忙碌的掏出相本，遞給女生們，又把子騫訂的交給他。

三個人湊在一起看彼此的相片，又順便翻看導師的本子。

「哇——這是班導插的花，好漂亮喔！」有惠讚嘆黑色花盆裡高雅的花和葉的高低搭配。

「那沒有什麼，我媽也會插。」曉倩不以為然的說。

「哇嗚——這是導師她們家的聖誕大餐耶。有滷雞翅、蛋糕，還有玉米濃湯耶，看起來好好吃喔。」

「班導的先生長得滿帥的。」亮宇也在一旁探頭探腦。

「導師的兒子眼睛好小。」曉倩對於男生的外型常有諸多意見。

「這棵聖誕樹比人還高耶。」有惠驚覺。

子騫原本要找亮宇一起打躲避球，竟追著他的背影到這裡了。

「再不到一年，我們就要念國中了。」亮宇感慨。

「希望還能跟你同班。」子騫說道。

千春這時才發覺子騫這麼依賴亮宇。鎮長夫人買了三頂帽子，走出店門時，覺得滿載而歸。朝站在門口的幾個小孩看了一眼。

「我可能會念私立的女校吧，說不定會離開台南。要看我爸。」曉倩說道。

「私立的就比較好嗎？」子騫疑惑。

「雖然導師對我們有時候很凶，但我還真不想離開這個班。」照片讓有惠多愁善感了起來。她想到好不容易和千春、康玲變成好朋友，在這個班上，不會歧視她、嫌她家窮的，就只有她們倆了。

「這個人是誰呀？」子騫指著照片上莫名其妙入鏡的一位仁兄，他有鬥雞眼，叼著一根雪茄，戴著一頂聖誕老人帽。「哈哈哈哈。」

「去年聖誕節，我爸帶我們去東京。那裡的聖誕氣氛比較濃稠。」曉倩說道，不理會他。

「妳是要說濃厚吧？」亮宇問。

有惠和子騫都噗嗤笑了出來。由於購買的物品實在多而重，有惠把塑膠袋放在地面上。

「呵呵呵。」她尷尬的笑了笑，接著陳述：「我們去了迪士尼樂園。」在發表言論方面，她展現了驚人的魄力。

「我們也有去過香港的。」亮宇接腔。

「你只去過香港的啊？」曉倩問。

「嗯。」亮宇點頭。其實我沒有很在意到底去哪裡玩啊，只要能跟家人一同出遊，就很開心了，不是嗎？他心裡這麼想，但沒有打斷她。

「東京的、香港的、加州的，我爸都帶我們去過呦。不過我最喜歡的是東京的。」曉倩沾沾自喜。「我們去逛了米奇米妮的家，還有坐摩天輪喔。那邊有放煙火。我爸還買了彼得潘的鉛筆盒給我，還有買白雪公主、小鹿斑比的自動鉛筆給我呦。我還有小美人魚的抱枕，下次再帶給你們看。」以她的辭彙，敘述成這樣已是極限。

「我沒有很想看。妳自己留著用吧。」亮宇清醒的推託。

「妳為什麼要給我們看呢？」子騫問。「哈哈——」

曉倩惱羞成怒，正巧傭人走來詢問小姐要不要回家，曉倩用力的將相本摔到有惠手上，跺腳走回轎車裡。

「她好凶喔！之前聖誕晚會，她說她戴了珍珠項鍊，我只是想用手掌感受一下高貴飾品的氣，沒有真的要摸，她就立刻大叫：『不——要碰！』」子騫說道。

看了看有惠的手，亮宇打抱不平的說：「她真野蠻。」

康玲路過這裡，問有惠：「怎麼了。」

「沒什麼。」有惠搖搖頭。

柏彥也來了，他牽著五歲的表妹。「你們怎麼都在這裡呀？」

亮宇乾脆把他們訂的照片分送給這兩人。

「她是妳妹嗎？好可愛喔。」子騫問。

「她是我表妹，來我們家住幾天。」柏彥的回答有成熟的大人味道。

千春又緊張了起來，怕他們會踏進店裡。

「咦？這是英文老師跟她先生嘛！」康玲從一張照片看出端倪，有他們夫婦倆小小的笑臉。

「真的耶。原來他們也有去。」亮宇也發現了。英文老師原本只是來這個學校代課，後來申請到正式的任教資格，並和剛結為連理的先生定居在這小鎮。

「老師怎麼不來找我們合照呢？」有惠納悶。

柏彥的表妹拉拉他的衣角，抬頭問：「他們在說誰？」小小的臉頰白裡透紅，如蘋果一般。

「他們在說我們的英文老師。」柏彥小聲的回答。

「哥哥的英文很好。」表妹自言自語。「以後長大我要跟哥哥結婚。」

柏彥笑了，露出潔白的門牙。

「妹妹，等妳長大後，妳就不想跟他結婚了。」康玲以開玩笑的口吻回道，手遮著口鼻笑，覺得小妹妹真可愛。

表妹皺起眉頭，將身體藏在柏彥身後，盯著她的情敵。

「該拿的都拿到囉？」亮宇問。

「嗯，這是你去照相館拿的啊？」柏彥問。

「對啊！你都不知道他多負責任。」子騫搶著回答，反而讓亮宇覺得不好意思。「等一下我們一起去打躲避球啦。」子騫略微朝天的鼻孔，因為寒冷而流出鼻水。

「快天黑了，我外婆叫我要在吃晚飯前趕回家。拜拜。」亮宇向大家揮手。

一個下午的時間不知不覺被消磨殆盡，千春遲遲不敢踏出店門。

「我也要走了。」子騫追隨他，抱著球，左右搖晃的奔跑。

和柏彥及他表妹道過再見後，康玲陪有惠朝公車站牌的方向走去。

透過窗戶看見同學們各自回家後，千春此時才敢小心翼翼的推開店門。

14. 意外的訪客

千春整理著之前打的資料。每到禮拜五，她總覺得格外開心，大概是媽媽曾說她是在禮拜五出生的。俄蘇拉留了字條，說她要巡視森林，晚點回來。

小熊「喵嗚」了一聲，抖抖身上的倦意。忽然，店門被推開了，一位耄耋之年的老太太徐徐走了進來。她有著深邃的輪廓，似乎摻有歐美血統。她帶著一個側背包，頭戴一頂毛線帽，帽沿是三股的麻花，穿著格紋冬衣，沒有駝背，沒有一般同年齡者的老態。她開口了：「妳就是千春啊？」

她點點頭。既然她看得到穿著隱形外套的千春，想必她也是女巫。

千春推測。

「看樣子，俄蘇拉教了妳很多。」老太太說道，一直保持微笑。

「這個送妳。」她從包包裡掏出一個用毛線和鉤針織成的花形杯墊。

「好漂亮喔。」千春仔細端詳著杯墊，瀏海覆蓋住整個額頭。

「呵呵，那是蘭花。」她發現千春的髮圈鬆弛了，說：「來，我幫妳綁頭髮」千春背對她，她從裙子口袋抽出一個紅色的新髮圈，替千春重新把長髮束起來。

老太太接著問：「妳知道俄蘇拉為什麼會開始學魔法嗎？」

她搖搖頭，露出不解的表情。

「俄蘇拉的媽媽，十七歲就不顧家人反對，跟情人私奔了。懷了俄蘇拉之後，那個情人就跑走了，忘記當初的承諾。她媽媽很堅強，租了一間套房，自食其力找工作。上班的時候，把襁褓中的俄蘇拉託給鄰居照顧，下班了再

接回來。有天出門工作，過馬路時被疾駛而來的轎車撞到，在醫院昏迷了兩個禮拜，但最後還是走了。就算肇事者賠了錢也換不回她的生命。外公外婆照顧了她幾年。後來她媽媽的姊姊，也就是她阿姨，願意收養她。不過，阿姨跟姨丈住在法國，八歲的俄蘇拉就只好跟著他們搬到法國。他們也不是對她不好，只是……」

「只是什麼？」千春問。

「只是他們也有自己孩子，而且，在異鄉工作是很辛苦的。俄蘇拉也不喜歡麻煩他們，有任何困難都不會跟他們說。下課後，常跑到我開的茶葉店找我。告訴我有些同學會趁老師管不到的時候，用她聽不懂的法文罵她、取笑她。」

千春仔細的聽著每一個字，為俄蘇拉童年面臨過的遭遇憂煩。

「那時我進了上百種茶葉，有從印度來的、中國來的，我把它們分門別類，裝在木頭抽屜裡。沒有一個鄰居知道我的真實身分。有天，她進到我的店裡來，我看得出這個小孩很好學，而且會保守祕密。我教她什麼是白魔法。她也知道了女巫許願力量。大概就是這樣吧。」

千春陷入悲傷的情緒，「她沒有告訴過我。」

老太太回以溫暖笑容，「魔法可能是摧毀也可以是保護的力量，可能很強大也可以很微弱，完全看施法者的心性修煉如何。現在的俄蘇拉，已經可以獨當一面了。」接著說：「她有一次，被當地的不良少女盯上，她們對她拳打腳踢了幾下。她不敢讓阿姨姨丈發現臉上的瘀傷，跑來我的店。我幫她擦藥，泡了壺花茶跟她一起喝。她問我為什麼她沒有對別人怎麼樣，別人卻要加害於她。我告訴她，依照那些人的個性，遲早會有讓她們難過的遭遇。然後，我用口琴吹奏了一首曲子，是地中海沿岸國家的白女巫們常會吹的。聽了以後，她的眼淚就止住了。她告訴我，她會忘記自己的悲傷，讓別人快樂。」她從包包裡拿出銀白色的高雅口琴，「妳想聽聽看嗎？」

千春睜大眼睛。

老太太靠唇部來回的在孔隙間滑動，吹奏出優美的音樂。千春注意到她的帽子上別了一隻毛線蝴蝶。她停了下來，說道：「這也有歌詞喔。」她唱著：

如果蠟燭火不滅
我會為你吹熄

如果音樂盒不響
我會為你轉發條
如果貝殼不見
我會將我的給你
哭泣的時候
要想起我
想起我

淚水從千春的眼角流出，「好好聽的一首歌。」她有點哽咽。

老太太接著說：「那時候啊，俄蘇拉最常做的事就是查法文字典，遇到不太知道怎麼念的就問我，後來那本字典都要被翻爛了。結果她的法文變得很好，也沒有人敢再欺負她了。她還帶那幾個所謂的不良少女來店裡喝茶，我那時還很生氣哩，她們都很後悔曾經欺負過她。妳說，奇不奇怪？」她高挺的鼻樑靠近千春，藍色的眼睛眨著慧黠的光芒。

千春破涕為笑。

此刻，牆壁上原本隱形的門，浮現輪廓，銀色門把被轉開，俄蘇拉回來了。「蘭阿姨，妳來啦！」她開心的大叫，快步邁向她。

老太太站了起來，用雙手捧著俄蘇拉的臉龐。俄蘇拉像個小孩子回到母親的懷抱。她又輕輕撫摸俄蘇拉的長髮。

「之前黑女巫下的魔法，妳處理得很好。」老太太說道，她們倆相視而笑。

「我的魔法沒有退步吧？」俄蘇拉問。

「哪會退步？已經超越我囉！」蘭阿姨答。

接著三人對坐，共飲一壺香氣四溢的茶。兩個女巫的回憶拉到很久以前，不時夾雜法語詞句。

喝盡杯裡的茶後，蘭阿姨背起包包，站了起來。

「妳要回去了嗎？」俄蘇拉抬起眉毛問道。

「這個小鎮我還沒看透呢！我要去走一走。」蘭阿姨回答，她的手布滿皺紋卻十分有力氣的模樣。「不用送我，我們會再見面的！」她對兩人說。然後慢慢走出去。小熊的眼珠也滴溜滴溜望著她漸漸縮小的身影。

15. 出水痘・夢境

週末，不須打工。在家裡的千春寫完功課後，覺得身體不適，輕微頭痛，四肢痠痛，心臟像被鉛塊壓著，背部有點癢，她下意識搔了搔。走到臥室，她掀開運動衫，往後照照鏡子，發現有好幾個像被蚊子叮的紅腫的包。「是蚊子叮的嗎？」她想，心底有一根弦被挑起。

時針指向九點，媽媽下班回來了，她頂著剛從美容院燙好的捲髮，提著大包小包的食材，打算做一桌好菜給千春。

「媽——妳看，這是被蚊子咬的嗎？」千春急忙找媽媽求助，背對她，手臂繞到後面掀開運動衫。

「啊——這是水痘，妳要早點睡。喔，我先煮粥給妳吃，妳去洗澡。」媽媽有些慌亂。

「喔——好。」正準備轉身，千春若有所思的問：「媽媽，那我要去給醫生看嗎？」

「應該不用啦，我們以前都沒有給醫生看，它自己就會好，每個人一生都會長過一次，長過一次就不會再長，多休息就對了啦。」她連忙提著塑膠袋跑去廚房料理。

這就是水痘啊。千春想著。

吃過母親煮的香菇芹菜雞蛋粥，刷過牙後，千春躺在床上，不久遂進入夢寐狀態。她的額頭開始發燙。

教室裡的導師，同學，或張開嘴、或舉起手、或站或坐，所有的動作都彷彿停在那一秒。千春意識到這是在做夢。夢中的她輕戳了班導的臉頰，一些粉底掉落下來，但她沒有任何反應。康玲在看手錶；子騫要把失去熱度的蔥油餅送入口中；有惠在苦讀課本，臉快貼近紙張；柏彥手撐著臉在打瞌睡；亮宇握著蓋有厚厚粉筆屑的板擦在擦黑板，不管呼喚誰的名字，都沒有人要搭理她。他們像處在不同時空，她無奈的步出教室。

烏雲密布，她竟到了一座森林。現實的意識開始一片片剝離，她已不覺得自己是在做夢。她的手臂撥開前方冰冷如水的氣流，雙腿划動，帶她往上浮。「我會游泳了？」千春感到困惑又有些喜出望外。她自由變換著蛙式、自由式、仰式游法，而且不須換氣，就像真正的魚。但是，她卻又看到枝頭上站滿鳥兒。「不知道我是在游泳還是在飛？」她想請教鳥們。「請問一下……」鳥兒不斷用尖尖的喙理自己的羽毛，不理睬她。她孤獨的向前、氣流扎刺著她的小腿。青蛙在鳴叫。整座森林彷彿蒙上灰藍破舊的紗。

一位珊多四肢離開地面，慢慢靠近她，鬃毛飄揚，千春順勢坐在他背上。珊多載著她徜徉。飛鼠們在樹梢間來回滑翔，千春他們左閃右躲。交纏的藤蔓在林間晃盪，一不小心頸子就會被束縛住。有一個周邊長滿雜草的沼澤不斷吐出可怕的沼氣，好在她們能輕易越過。樹幹裡的精靈紛紛探出頭來，想看看究竟是誰在穿梭。坐在花瓣上的精靈微弱的交頭接耳。此時，貓頭鷹大哥「咕兒嚕、咕兒嚕」啼叫，在提醒森林裡的朋友要提高警覺。

來勢洶洶，黑女巫莎布里娜的尖叫劃破灰藍的紗籠罩的寧靜，她騎著花豹，在森林裡橫衝直撞。她放肆的笑鬧。

千春趕緊壓低身子，盼望珊多加快腳步。

「妳怕我嗎？妳怕我嗎？」莎布里娜挑釁的問，露出邪惡的利牙。

千春不予回應，雙唇緊閉，她似乎知道，只要一說話，黑女巫就可能趁虛而入，讓她們元氣大傷。

意外的是，莎布里娜覺得自討沒趣，抽打花豹幾下，一溜煙的跑了，激起了水花般的氣流。

「謝謝你。」千春抱緊珊多。珊多開始往下降，降到草地上。千春看見長長的階梯，她不再游泳，拾級而上，頂端有一道門，她轉開門把，想推開門，礙於強風的阻力，她必須更加使勁，突然，門「砰」的一聲開了。

她望見平靜無波的湖泊。原來俄蘇拉同她乘坐在一艘白色船上。俄蘇拉在搖槳，她看起來和平常不一樣，好像面無表情卻又帶著堅定的意志。

「下雨了。」俄蘇拉幽幽的說。

千春攤開手掌，一隻瓢蟲連同雨絲掉了進來。她觀察著瓢蟲鮮豔有光澤的翅鞘，忽然發現船上只剩下她一人。俄蘇拉呢？

她左顧右盼，發現俄蘇拉站在岸邊，對她微笑，水藍色的長裙襬在風中飄著。

千春驚醒。額頭上的汗珠滴了下來，頭已經不痛了。

「燒好像退了。」守在她身旁的媽媽說，她的黑眼圈加深了，新燙

好的髮型也因為沒有梳理而看起來凌亂。
「現在幾點了？」千春焦急的問。
「十二點啊。」媽媽笑笑的回答。
「晚上啊？」千春迷糊了。
「是中午十二點——。」媽媽強調。「妳睡了好久。」
原來已經星期日了。千春覺得恍如隔世，空氣中的確有飯菜的味道。
「我看妳明天請假一天好了。」媽媽說。
「喔，好。」千春表達順從之意，但總覺得忐忑。
「康玲有打電話來耶，我說妳在睡覺。」
朋友的關心讓千春感到溫暖。她走下床，發現腳底長了一顆大水痘，每走一步，它就被拉扯一次。皮膚像是快破了一樣。出水痘讓她感覺自己好像失去生活能力，連路都走不好。

「記得不要去擠喔，不然以後會有疤。」媽媽提醒她。

如果要休息，那帽子店的打工怎麼辦？店裡沒有電話，她想起俄蘇拉也從沒打過電話給她，她煩惱著。

16. 最後一個祕密

星期一，這天請假。下午的時候，千春溜去帽子店。她在鎮長家那條路上來來回回走了五趟，都不見帽子店、俄蘇拉、小熊的影子。鏤刻方形招牌沒有了，裡面上百頂帽子沒有了，櫃台、茶壺、隱形外套、通往森林的門，都沒有了。稀落的跫音響著，鎮上居民一如往常的經過。

她們怎麼了嗎？小熊呢？被莎布里娜捉走了？白女巫輸給黑女巫了？千春耳邊響起好多問題。

星期二、三、四，千春都跑來這已變得空蕩蕩的店。家裡書桌抽屜裡，仍擺放著逾百個信封，那些是俄蘇拉曾給她的薪水袋。粉紫、粉綠、粉黃，她輪流翻著。是啊，我的確在帽子店打過工。

星期五，失落的從舊店址走回家後，打開臥房門，千春赫然發現床鋪旁擺了一台電腦，就是她曾在帽子店使用過的那一台啊。漆黑的螢幕上貼著一張字條，是俄蘇拉的筆跡，上面寫著：

電腦送給妳，妳以後用得到。

我要到別的地方了，我會把小熊照顧好，不要擔心。

千春明白了，這就是俄蘇拉說的「緣分盡了」。窗子是打開的，風吹拂了進來，千春的髮絲在風中飄著。

升上國中、高中、大學的千春，都使用這台電腦打報告，也經歷各種老師、同學，她一直記得俄蘇拉的事，但沒有告訴任何人。她有過不能讓媽媽看到的憂鬱的、哀傷的神情，在那些時候，她就會想起俄蘇拉。她曾經在搭乘的公車行經某個站牌時，覺得看到了俄蘇拉或蘭阿姨的容顏而激動的起身，她們的微笑都沒有改變。當她哭泣的時候，就想起了俄蘇拉風鈴般的笑聲，和蘭阿姨唱給她聽的歌。被同班女生以傲慢的態度對待時，就想起俄蘇拉也曾被欺負。欺負過千春的人，後來都會很想念她呢！真奇怪。

千春看著車窗外飛逝的風景，想回到十二年前念過的小學。大學時就和媽媽搬到台北。現在的她，在台北市工作。在公司，因為曾主修英美文學，上司要她負責把影片的中文字幕翻譯成英文，或把英文翻譯成中文。她告訴媽媽，休假時想回這個小鎮瞧瞧，於是獨自搭火車回來。

站在離開很久卻又熟悉的街道，千春好像又嗅到俄蘇拉泡的花茶的氣味。原本的帽子店，改裝潢成卡拉OK，門是柏彥的爸爸設計的。記得自從那年帽子店消失後，就沒有人再談論過，沒有婦人再戴著帽子爭奇鬥豔，大家都很喜新厭舊，連鎮長夫人好像也忘了。

「呀——不要跑。」幾個孩子，穿著拖鞋，踩著碎步追隨一隻黃貓，把牠圍在牆角，由於不知怎麼掌握力道，用力拍著牠。

她上前說：「要這樣輕輕摸。」並示範動作給他們看。孩子們露出「原來如此」的表情，跟著模仿。貓咪龍心大悅，享受僕人的伺候，與臣子的稱頌。

小學沒有變，每年都有人畢業以及招收新生，只是增添了電子跑馬燈看板。至於小學同學們都還待在這鎮上嗎？千春這次會再見到他們嗎？這個祕密，或許只有俄蘇拉知道。

延伸閱讀：

靜候成長

鄒敦怜

給讀者的話：

對於「成長」你有怎樣的期待呢？在等待成長的同時，我們是不是也能帶著欣賞的眼光，看看現在的自己呢？

《帽子店裡的祕密》這本書裡的千春，因為父母分離，她跟著媽媽，姊姊跟著爸爸。千春很幸運的，遇到帽子店的俄蘇拉，成為俄蘇拉的員工。每天放學之後，她就在帽子店裡幫忙。千春披上了可以隱身的寶藍色外套，靜靜的坐在一旁，記錄顧客的模樣。

作者塑造了一個「女巫世界」，這個奇幻的世界從一座森林開始，裡頭有神奇的景觀、動物、精靈，還有黑女巫和白女巫的爭戰。帽子店裡的帽子，住在森林裡捉來的精靈，擁有帽子的人，動一次壞念頭，帽子就會褪色，直到完全損毀為止。

千春在店裡的工作，需要沉默的觀察與細心的感受。她看到學校老師進來買帽子的神情，間接知道他們的心事。這些發現，都讓她更能體諒老師對大家的要求，也能理解老師在學校的行徑。細膩的觀察與同理心，讓千春學會怎樣包容同學，包容看起來不合理的要求。

千春與俄蘇拉的緣分到了，但是這一段邂逅，卻一直影響著她。當千春長大，回顧這段記憶，還是那樣的真實、難忘。

假如真的無法多做改變，靜靜等待，成長，就會在不遠的地方。

閱讀思考：

一、故事掃描

1. 這個故事裡頭，有哪些重要的角色？
2. 千春在帽子店工作多久？
3. 帽子店會通往哪裡？那裡跟真實世界有什麼不同？
4. 俄蘇拉留給千春什麼東西？這樣東西對千春有怎樣的影響？

二、了解主角

1. 千春的個性怎麼樣？她的家庭跟一般的家庭有什麼不同？

2.千春的幾位老師中，你最喜歡哪一位？為什麼？
3.千春跟同學相處得好不好？她的哪一位同學，讓你印象最深刻？為什麼？
4.千春同學的父母們，哪一位讓你印象最深刻？為什麼？

三、深入情節

1.為什麼俄蘇拉會選中千春？她們的成長有什麼相似的地方？俄蘇拉為什麼又要離開千春？
2.俄蘇拉的帽子有什麼特別？她為什麼要把精靈放在帽子裡？戴上帽子的人，會有怎樣的改變？
3.在俄蘇拉的帽子店裡，千春為什麼得隱形、不說話？你覺得俄蘇拉有什麼用意？

4.在黑女巫、白女巫的爭戰中，千春幫了什麼忙？為什麼她幫得上忙？

5.俄蘇拉在什麼時候離開千春？她為什麼一定要離開千春？在你成長的過程中，有哪些人物，跟「俄蘇拉」一樣，曾對你有很深的影響？

四、自我探索

1.人物素寫

把一張A4的紙，摺成八格，選一個有許多人活動的地點（如：圖書館、車站、大賣場……）用其中一小格，記錄一個人物的特色（外表、動作、說話……），字數不限，不要超過八分之一A4的紙張。完成後，跟同學分享。

2.時空膠囊

找一個小盒子，把最能代表「現在的我」的十樣東西放進去。盒子裡附上一張清單，寫出為什麼選這十樣東西。完成後在盒子外面寫上日期，把盒子封起來，等以後再開啟。

3.未來藍圖

替二十年後的自己，寫一張「自我介紹」。包含長相、專長、工作、學歷、嗜好……，寫得越詳細越好，也可以加上插圖，構想自己未來的藍圖。

特載：

生花妙筆下的人性世界

——淺析第十七屆「九歌現代少兒文學獎」

張子樟

1

台灣最早的兒童文學獎是一九七四年創辦的「洪建全兒童文學創作獎」，隨後陸續出現了不同文類的大小獎項。經過三十五年的變遷，當前在台灣每年固定舉辦的兒童文學獎項，只剩下信誼出版社的繪本獎、國語日報牧笛獎的童話獎，以及九歌出版社的少兒文學獎。三項獎項各自負責不同的文類，給島上喜愛兒童文學創作的人有了少許的空間，一路走來，相當不易。就文字量而言，這項以少年小說為主的獎項參賽作品每篇均在五萬字左右，字數不能算少，但由於這項獎項已進入第十七屆，九歌出版社負責這件工作的人對於整個過程相當熟練，獎金又高（首獎二十萬元），因此每年均能吸引百篇以上的作品參選，今年亦有一百二十八篇之多。由此可見，寫作人口不少，關心少年成長議題的作家也不少。

傳統的少年小說以寫實為主，反映不同年齡層的青少年在面對衝突、挑戰時，如何去回應，長輩又如何啟蒙他們，協助他們成長。二十世紀末奇幻文學再起，成為兒童文學寫實之外的另一重要文類，再加上奇幻電影的蓬勃發展，對少兒文學創作有助波推瀾的作用，為青少年文學注入大量的奇幻元素。演變至今，少年小說的書寫模式有了三種新面貌：純寫實、純幻想、寫實與幻想熔於一爐。這幾年九歌這項獎項的參選稿件驗證了三種新面貌並存。

2

這一屆八篇得獎作品中還是以寫實與幻想熔於一爐的居多，即使是得到首獎的《鯨海奇航》，表面上是純奇幻，但仍然有少部分是寫實。形式不是不重要，但相對於內容，似乎就輕了些。一般評選青少年讀物的標準總是離不開這些原則：具備原創力與品質；內涵鮮活、生氣蓬勃；作品要有趣、刺激，並有獨特風格。以上述原則來檢視這八篇作品，會發現形式不如內容來得重要。

由於現代圖像文化的突飛猛進，間接影響了書寫的內涵，《鯨海奇航》就是一個明顯的例子。動畫與電腦遊戲的模式一再出現，展示對於死後世界的一種新的想像，也許那是一個全新的，沒有人知道的世界，讓少年讀者能用樂觀的態度來看待死亡與失去。文中海洋世界的描繪十分有趣，但結構元素簡單的尋母現代奇幻版過程，令人想起「目蓮救母」。同樣利用奇幻手法的《帽子店的祕密》，透過孩子眼光看大人世界，以十分細膩的筆觸刻劃進出帽子店的老師舉止，質疑教師角色的扮演。《世說貓語》藉由一隻三腳貓的敘述，說盡人情溫暖。

得獎的寫實作品呈現的景象相當繁複，《花漾羅莉塔》為現今追求時尚的哈日族代言。文中的多位角色都在尋找生命的意義，文字明朗，頗能傳達許多生活表面俗麗卻想力爭上游者的心聲。《我的名字叫乒乓》以自言自語的方式，鋪陳了青春期的告白。《大武山腳下的五顆星》敘述一位女大學生遭受性侵後，把跟不同男子生下的五個小孩送回屏東父母家寄養。敘述者是冷眼旁觀、熱心參與的老大，整篇故事把親情發揮到極致。相對地，《天使服務生》與《希望偵探隊》的重心在於友情的詮釋。《天使服務生》是一段神奇的同學會之旅。兩個男孩互動互助，「我」犧牲自己成全對方，是一篇化解誤會的好故事。《希望偵探隊》包括了人與狗的親密關係、孤兒的成長及友情的驗證，值得回味。

3

小說本意為「虛構」（fiction），但敘述得往往比歷史還真實，因為它不需看當政者的臉色，而昧著良心去揑造歷史，甚至篡改歷史。創作者可以盡情揮灑，把部分社會真相，化為筆下的動人畫面，讓讀者沉迷其中，得到樂趣，得到啟發。

「九歌少兒文學獎」從早期既生澀又稍帶說教意味的作品起步，逐步成長。十多年來，得獎作品的內容與形式，都在持續進步中。優厚的獎金與出版的機會吸引不少老幹新枝的參與。這次遵循小說創作原則、卻又另尋敘述手法的八篇得獎作品，不論奇幻或寫實，都記載了部分現當代台灣的變遷史實。同時，每篇作品都呈現了盎然的生機與生命的律動。現實生活的浮沉掙扎與幻想世界的虛無嚮往並行，鋪陳的是常民的喜怒哀樂，勾勒的卻是人的善惡本性。這些作品的出版會帶動另一股閱讀風潮，吸引更多的創作者為我們的青少年書寫他們適讀的好作品。

（張子樟先生，曾任國立台東大學兒童文學研究所所長，現任台北教育大學語創系兼任教授，是本居九歌現代少兒文學獎五位決審委員之一。）

九歌少兒書房⑱⑨

帽子店的祕密

定價：240元
第48集　全套四冊960元

著　　者：楊　欣　樺
繪　　圖：蘇　力　卡
責任編輯：鍾　欣　純
發 行 人：蔡　文　甫
發 行 所：九歌出版社有限公司
台北市105八德路3段12巷57弄40號
電話／02-25776564・傳真／02-25789205
郵政劃撥：0112295-1
九歌文學網：http://www.chiuko.com.tw
登 記 證：行政院新聞局局版台業字第1738號
印 刷 所：晨捷印製股份有限公司
法律顧問：龍躍天律師・蕭雄淋律師・董安丹律師
初　　版：2009（民國98）年11月10日
初版2印：2011（民國100）年6月

ISBN：978-957-444-626-1　Printed in Taiwan
書號：A48189

國家圖書館出版品預行編目資料

帽子店的祕密／楊欣樺著，蘇力卡圖.--初版.-
台北市：九歌, 民98.11
面；　公分. --(九歌少兒書房; 第48集
；189　)

ISBN 978-957-444-626-1(平裝)

859.6　　98018175

九歌少兒書房